トム・クランシー&
スティーヴ・ピチェニック
伏見威蕃/訳

黙約の凍土(下)
For Honor

扶桑社ミステリー
1608

黙約の凍土（下）

登場人物

チェイス・ウィリアムズ――――オプ・センター長官
アン・サリヴァン――――オプ・センター副長官
ロジャー・マコード――――オプ・センター情報部長
アーロン・ブレイク――――オプ・センター情報部ギーク・タンク・リーダー
ブライアン・ドーソン――――オプ・センター作戦部長
ポール・バンコール――――オプ・センター国際危機管理官
マイケル・ヴォルナー――――米陸軍少佐、統合特殊作戦コマンド（JSOC）所属
チャールズ・ムーア――――米海兵隊上級曹長、同上
ワイアット・ミドキフ――――アメリカ合衆国大統領
トレヴァー・ハワード――――国家安全保障問題担当大統領補佐官
ジャニュアリー・ダウ――――国務省情報研究局（INR）副局長
コンスタンティン・ボリシャコフ　高齢の元武器商人
ユーリー・ボリシャコフ――――コンスタンティンの息子、GRU所属
アミール・ガセミ准将――――イランからの亡命将校
アフマド・サーレヒー――――イラン海軍大佐
パランド・ガセミ――――ガセミ准将の娘、原子物理学者
アドンシア・ベルメホ――――キューバの原子物理学者、老革命家

25

ロシア、アナドゥイリ
七月二日、午前十時四十四分

この極寒の透き通った氷の地域では、時間も凍り付くほうがふさわしい。

ユーリーは一時間近く出かけていて、それから父親に電話し、ホテルの前に来てほしいといった。ボリシャコフとユーリーが町の中心部を離れると、オリーヴグリーンの現代的なオフロード車のウリヤノフスクＵＡＺ・４５２バンの外の世界は、ボリシャコフが若いころに見た光景とはすこし異なっていた。平らな二車線の道路には、コルホーズ通りという名前が付けられ、しかも舗装されていた——もっとも、一九六二年に車両縦隊の車輪によって決まった道幅は、変わっていなかった。平坦な地形の特徴も、まったくおなじだった。岩、凍った茶色の地面、陽光と氷のおかげでなんとか生きている元気のない暗緑色の苔(こけ)という組み合わせは、変わっていなかった。

バンを取ってきてから、ユーリーはまた頑(かたく)なな沈黙に戻った。罰するためなのか、そういう性格なのか、それともその両方なのかもしれなかったが、ボリシャコフはそれを回避する方法を見つけようとした。

「おれは話をする」ボリシャコフはいった。「もちろん、おまえは聞く必要はないが、車で一時間走るわけだから、頭のなかで言葉が駆け巡るよりはましだ。そうだな――軍隊にいたことがある人間の立場で話をしよう。その兵器が残されているとすると、だれかがその後、手に入れることをもくろんでいたからだろう。ソ連末期は、そういう状況だった。だれもがいろいろな物を隠そうとした」両手で、モグラが穴を掘るようなしぐさをした。「しかし、長い年月が過ぎた……。〝どうしていまごろ?〟とおれは自問する。コンスタンティン・ボリシャコフの答は、おまえには気に入らないだろうな。答は、〝だれかがそれを欲しがっている。さらにいえば、買いたがっている〟。そこで疑問が湧(わ)き起こる。〝どうしてGRUが関与している?〟それに対する答は、〝たとえそれに気づいていても、軍が関与することはできない〟というものになるだろうな」

ユーリーは、父親の独白に反応しなかった。また煙草(タバコ)に火をつけた。

「おまえは知っているだろうが、ＧＲＵは上層部には無断で作戦や暗殺を行なっていて――」

「黙れ！」ユーリーがどなった。

「どうして？」ボリシャコフはきいた。「不愉快なら、おれはやめる。ここでおりる。おまえは目的地へ行け――どこにあるかだいたいわかってるはずだし、あけかたも工夫するだろう」低く唸っているヒーターにくわえて、太陽の光が車内を暖めていたので、ボリシャコフはマフラーをはずした。「おまえが来てからずっと、おれはおまえが潜り抜けてきたことやいまの感情に気を遣ってきた。そういうことを軽んじるつもりはない。だが、おれがやったことすべてが罪深いわけではなかった」

「なにに比べて？」ユーリーが怒声を発した。「あんたは死を売った。おれたちの家族に死をもたらした」

「おれがやらなくても、だれかがやった。そんなことは理由にならないとわかってる。しかし、説明にはなる。おまえは後知恵でおれを裁いている。あのころ、未来は不確かだったんだ。なにがソ連に取って代わるか、ロシアが倒れずに残るかどうか、わからなかった。おれの頭にはもくろみ、大きな計画があった。軍がクーデターを起こしたら、人民に勝ち目はない。無理だ。武器がないかぎり」

「そうか、愛国主義を口実に武器密売業者になったのか？」

「汚れていないことなどないんだ、ユーリー。ひとつの大義から生まれた単純な物事などひとつもない」

ユーリーが答えなかったので、ボリシャコフはひそかに勝利を味わった。息を吸ってシートにもたれると、もうなにもいわなかった。かなり高い山の上にささやかなベースキャンプを設営した気分だった――そうだと願っていた。はじめて、なにかを達成したと感じた。

田園地帯の道路は延々とつづき、アナドゥイリ湾がユーリーの背後で輝いていた。湾の向こうはベーリング海で、その先には――アメリカがある。当時のボリシャコフには、それがまったく不可解だった。アラスカ、カナダ、アメリカ合衆国。敵国。

ある意味では、当時のボリシャコフは、いまのユーリーとおなじように、物事をとてつもなく巨大な一枚岩のように見なしていた。いまは、年を取ったせいか、知恵がついたからか、それとも国際情勢をわりあい簡単に知ることができるからか、物事はそんなに明確ではないとわかっている。一九四七年にソ連で聞くことができた〈ヴォイス・オヴ・アメリカ〉放送を、ボリシャコフは憶えている。街でそのことが――スターリンの密告者がいたるところにいたので、当時はひそかに――話し合われた。ボリシャコフがここに配置されていたとき、将校たちはそれを聞いて笑い話にしていた。アメリカはプロパガンダがソ連ほど上手ではなかった。自分たちの利益だけに興味があり、ソ連の人民の利害など考えていなかったからかもしれない。

しかし、いまはもう物事は明確ではない。というより――ひょっとすると、若いころのユーリーもそうだったのかもしれない。途方に暮れ、怒っていた。他人が決定を下し、方針を決めたとき、物事ははじめて明確になったのだろう。

ボリシャコフは当初、ユーリーが連絡をとっているかもしれない家族のことをきくつもりだった。ユーリーの叔母と叔父が亡くなったことは知っていた。だが、従兄弟もいるし、リトアニアにも親族がいる。どうしているか、ユーリーは興味を持って消息を調べたにちがいない。

だが、いまはもうきくつもりはなかった。すべてそっとしておこう。

海岸線のあちこちが、長年のあいだに凍結のくりかえしで浸食され、崩落していた。ほとんどが湾に落ちて、押し流されている。崖っぷちまで数メートルしかなく、ガードレールもないところを、車は何度か通った。数カ所が浚渫され、海軍艦船向けの小さな桟橋が建設されていたのだが――それもとうに消滅していた。岩場と固められた地面と、腐った繋船用具がわずかに残っているだけだった。海軍がわざわざ自分たちの艦船を使って建築資材とミサイルをアナドゥイリ港から運び入れたのは奇妙に思えたが、その当時は空からの偵察がなかったとはいえ、アメリカの潜水艦が頻繁にこの水域を往復していたことを、ボリシャコフは思い出した。潜水艦が目視と傍受で、なにが行なわれているかについて情報を集めていた可能性が高いので、それを警戒したのだろう。

サイドウィンドウをあけたら、空気のにおいで過去に連れ戻され、これまでの歳月など消滅するだろうと、ボリシャコフは確信していた。ロシアの偉大な小説家や詩人について知識があればよかったと思った。自分が不意に感じたことについて、彼らは思考や言葉や洞察を提供してくれるはずだ。大きく変わったアナドゥイリを見て感じたことよりも、ずっと強い感情だった。ここは昔と変わっていない。

長い直線道路がつづいたあとで、海岸線が二〇〇メートルほど外に膨らんで、小さな岬になっていた。石の防波堤は浸食されていたが、高さ一二〇センチの古いコンクリートのバリケードは、四方とも崩れずに残っていた。脆くなっているように見える鉄条網がその上に張られ、一部は縁から垂れ下がっていた。寒さに強い蔓植物が、なんとか上まで這いあがっていた。広い一本道が指のように突き出した人工の岬の中央にむけて、道路からのびていた。かつては砂利が敷いてあったのだろうが、いまはあとかたもなく、一本道には深い轍があった。標識があったのかもしれないが、倒れて風に吹き飛ばされたようだった。

ユーリーは、そこに近づくと車の速度を落とした。「ここか？」ときいた。

「そうだ」ボリシャコフは、外に目を向けて、うやうやしいといってもいいような口調で答えた。「おまえが見たきょうのわたしに似ているんじゃないのか？　廃墟と廃人か？」

思いがけないことに、笑みのようなものがユーリーの口もとに浮かんだが、なにもいわなかった。ボリシャコフはそれに気づき、ささやかな勝利だと受け止めた。

道路側の入口をふさぐ鉄棒は、かつては黄色と赤の縞で注意を促していたが、いまはほとんど錆びていた。ボリシャコフは、鉄棒とそれを支える支柱に数十カ所のくぼみがあるのに気づいた。

射撃練習に使ったのだとわかった。

道路標識や廃棄された建造物は、地元住民が政府に不満を示すためにしばしば射撃の的にされる。モスクワから遠く離れた北部と北東部は、ソ連の体制に完全に組み込まれたとはいえなかった。これは、そのことへの不満を示すひとつの手段だった。

道路から車体を半分くらい隠せるようなすこし離れた叢に、ユーリーが車をとめた。

あたりを見た。何キロメートルものあいだ、ほかの車とはすれちがっていなかったし、風のほかになんの音も聞こえなかった。

「こんなところにとめておいたら、盗まれやしないか」孤絶した場所で周囲を見ながら、ボリシャコフはいった。

ユーリーが、車の前部へ行った。ポケットナイフを使って、タイヤ二本のバルブ内の突起を押した。後部でもおなじようにして空気を抜いた。

「ポンプを持っているんだな」ボリシャコフが、納得していった。

ユーリーは、車内のショルダーバッグからキーリングをはずして、外におりた。潮風の冷たさは衝撃的だった。寒さをしのぐために襟を立て、バリバリという足音をたてながらゲートに向けて歩くとき、白い息がたてつづけに吐き出された。夏になって凍土が解けても、地面は柔らかくならなかった。だが、二カ月前ほど滑りやすくはなかった。大きな南京錠(ナンキンじょう)をはずすと、ユーリーは一本しかない太い鉄棒を外側に引いた。硬い先端が、車のフロントフェンダーの五センチくらい手前まで達した。

目測が正確だと、ボリシャコフは誇らしげに思った。

ユーリーが戻ってきて、バンをなかに入れた。空気を抜いたタイヤがバタバタ音をたてた。ユーリーがバンからおりて、ゲートを閉め、南京錠をかけた。

「不法侵入者が心配なのか――それとも泊まるのか?」ボリシャコフはきいた。

バンを前進させながら、ユーリーが長い車内の後部を顎で示した。「食料品と寝袋がある」

道が細長い岬のいっぽうに向けてすこし曲がっていた。右手では大きな岩が何層にも積み重なり、細長く連なっていた。ボリシャコフはそれもよく覚えていた。ミサイルを地中に収めるために、そこを掘削したのだ。その付近を大きなカンバスのテントで覆い、分解されたミサイルと弾頭がトラックで運ばれ、地下で組み立てられた。それが終わると、鉄と木の枠の上にコンクリートが流し込まれた。そうやって強化されると、ブルドーザーが大きな岩を運んだ。完成すると、厚い鉄の扉で閉ざされた長い垂直の通路だけが出入口になった。

ほかにも地面に二カ所の鉄の扉があり、どちらもマンホールのような円形だった。ボリシャコフにはそれらが見えなかったが、ある場所は知っていた。それはサイロ二本のハッチで、爆薬を仕掛けたボルトによって内側から吹っ飛ばさないかぎり、あけることができない。爆発させるには、キーが二本必要だった。当時、建設作業員が立ち去って、メルカーソフ提督と少数の要員だけが残ったあとで、扉三つには〝爆弾隠蔽所〟という皮肉な名称が記されていた。たまたまだれかがそばを通りかかっても、当然ながらおなじ言葉のもっと一般的な意味合いの〝防空壕〟だと解釈するはずだった。

「防御装置のことは知っているんだろう?」ボリシャコフはきいた。

「ハッチがロックされていないと、内部のドアがあかない」ユーリーがいった。「その情報は知っている。しかし、内部ドアの奥に関する情報は――すべて失われた」

メルカーソフ提督とモスクワの仲間が設計図を破棄したからだ、ボリシャコフは思った。ふたりとも無謀ではなかった。分解せずにミサイルを残したことが、その証左だった。核弾頭二発は、どの書類にも記されていなかった。配置から数十年後にここから運び出そうとすれば、武器密売業者の手に落ちていたはずだ。核物質を手に入れてほしいと何度も頼まれたが、ここのことをぜったいに話さなかったボリシャコフには、それがわかっていた。ひねくれた見かたではあったが――ヴォルゴグラートのダイヤモンド密輸業者にはカラシニコフを売っていたにもかかわらず――善行だったと、ボリシャコフはつねに解釈していた。南アフリカ人はカザフスタンからの移民とおなじで、撃ち合って滅びてしまえばいいと、銃の販売を正当化していた。

凍結面でスリップしにくいように空気を抜いたタイヤは扱いづらいが、ユーリーはたくみに運転し、バンはすこし横滑りしてとまった。除雪作業がすばやく徹底的に行なわれるモスクワの凍結した通り以外の場所でも、ユーリーはこういう運転に慣れているのだと、ボリシャコフは気づいた。ユーリーが車をおりて、ボリシャコフもつづいた。そのあたりの地面は、すこしぬかるんでいた。海に近いので、海霧のために夜間でも凍結しないのだ。その潮気を帯びた空気、喉を刺激する泥のにおい、変わっていない地平線が、ボリシャコフを過去に引き戻した。

ユーリーが、キーケースを出した。強くなってきた風に背を向けて、折れ曲がった草のほうへ歩いていった。完全な円形の部分が中央にあるのがわかる。ハッチが道路から見えないようにメルカーソフ提督がそこに草を植えたことを、ボリシャコフは思い出した。草は当時、膝までの高さで岬全体を覆っていた。いまは打ちのめされてまばらになり、黄金色ではなく、死んだように色褪せていた。ユーリーがそれを見おろして立ち、ボリシャコフが来るのを待った。ボリシャコフは、黄褐色の叢を払いのけるために立ちどまった。

「呼吸ができるようにしないといけない」通風管に詰まっているものを抜きながら、ボリシャコフがいった。

ユーリーがハッチを見おろしていった。「これを持ちあげることは可能だといわれた」

「前はふたりでやった」ボリシャコフは答えた。「さて、どうする」

ユーリーが目をあげた。おれに頼めと遠まわしにいわれたことで、またかすかな笑みを浮かべた――ほんの一瞬だが、たしかに笑みだった。

ユーリーがしゃがみ、大きな鍵(かぎ)を把手(とって)ふたつのあいだの穴に差し込んだ。半分しかはいらなかった。汚れが固まっていたので、ポケットナイフを出して何度かこじらなければならなかったが、ようやく鍵を差し込むことができて、錠前の機構がきしみながらしぶしぶまわった……。

26

ヴァージニア州スプリングフィールド
フォート・ベルヴォア・ノース
オプ・センター本部
七月一日、午後六時二十分

「スナイパーはよっぽど腕が悪かったのか」ポール・バンコールが、チェイス・ウィリアムズとアン・サリヴァンにいった。「それとも、彼にはアレン・キムを殺すつもりはなかったのか」

三人はウィリアムズのオフィスにいた。陽にあたって外気を吸うために一分間建物の外に出るのを除けば、自動制御されて世界と神経細胞で接続されているような心地だった。野外の戦場にいるのに慣れていた人間にとって、それはこの仕事でもっとも嫌いな部分だった。

「キムは、だれが撃ってきたにせよ、彼は車を識別していたのではないかと考えています」バンコールはつづけた。「サイドウィンドウがあいていて、随伴車もなかったので、ガセミが乗っていないことをスナイパーは知っていたはずです」

「スナイパーを〝彼〟といったわね。〝彼ら〟ではなく」アンが意見をいった。

「三発とも、おなじライフルから発射されていました」バンコールはアンにいった。「イラン製のナフジール・スナイパーライフル（ナフジールは〝獲物〟、〝狩猟〟の意味）——原型はロシアのドラグノフです。それにスナイパーが姿をくらました山道に通じる場所には、ひとりの足跡しか残っていませんでした。防犯カメラはありません」

「つまり、その場所は周到に選ばれていたし、銃撃はメッセージだった」ウィリアムズはいった。「なにを伝えているんだ？」

「表面上は、ガセミに手を貸したら、つぎははずさないと、イランはわたしたちに告げているようです」バンコールはいった。「しかし、信じられませんね」

「なぜ？」アンがきいた。

「ガセミがそこにいることをやつらがどうやって知ったのか、納得がいかないからですよ。クアンティコを見張ればいいことを、そのスナイパーはどうやって知ったんでしょう?」

「考えられる場所をすべて見張っていたのかもしれない」アンがいった。「三十六時間前にパキスタン大使館を出入りする人間が急増したと、ジム・ライトが報告している。イラン・イスラム共和国のパキスタン利益代表部の要員だと、わたしたちが識別している人間よ」

　国内危機管理官のジム・ライトは元ＦＢＩ捜査官で、マコードとキムの友人でもあった。アメリカが公式な外交関係を結んでいない国が拠点に使っている大使館を出入りする敵国の人間を見張るのは、ライトの担当業務のひとつだった。

「数カ所の施設を監視するのは、通常の作戦手順だけど」アンがいった。「でも……」

「クアンティコだけを監視していたのだとすると、やつらはわたしたちがどこへガセミを連れていくか、知っていたことになる」

「そして、やつらが知っていたことにわたしたちは気づいた。つまり、漏洩（リーク）がある」

　ウィリアムズは、アンからバンコールに視線を移した。「ガセミをここに連れてきたら、それについて質問しよう。それから、ガセミがなんらかの機器を使う機会があったかどうかを、ジャニュアリーにきく」

「ガセミがスパイだと思っているんですね」アンはいった。

「まったくわからない」ウィリアムズは、正直にいった。「わかっているのは、イランは的外れなターゲットを追わせて情報源を疲弊させるという方法を好むということだけだ。イラク、シリア、アフガニスタンで、やつらはわたしたちを手いっぱいにさせた。タリバンやISISを使わず、簡易爆破装置処理にわたしたちが膨大な時間と人員を投入せざるをえないように仕向けた。IEDのせいで、わたしたちの移動はかなり鈍らされた。ガセミはひとりでそういった効果をすべて引き起こすことができる」

「でも、今回はそれにひと工夫が加味されているかもしれませんよ」バンコールはいった。「ガゼミはスパイではないといい切っているが、スパイだとしたら」

「『盗まれた手紙』」アンがいった。問いかけるまなざしを受けて、アンは説明した。「エドガー・アラン・ポーの古典推理小説よ。秘密を暴く情報が書かれている手紙を、だれもが探している。それはずっと目の前の状差しにあった。これもおなじ――はっきりと見えている場所に隠してある。ガセミは自分の任務のことを明かす。任務をやめたことになる。それによって、任務を達成する」

バンコールは首をふった。「そこまではわからない。スナイパーはべつの方法で情報を手に入れたのかもしれない」

「ＥＬＩＮＴを通じてではない」アンはいった。「パキスタン大使館のブッタ武器調達官が国防総省に、テヘランは大使館に人員を配置しているだけだと明言した」

「それを信じた理由は……」バンコールはきいた。

「ブッタが賢明にもイランを信用していないパンジャーブ人だからよ。それに、パキスタンはアメリカに海軍の装備を更新してもらいたいと思っている」

ウィリアムズは、溜息(ためいき)をついた。「わかった。わかっているのは――」コンピューターを見た。「一時間ほどで、ジャニュアリーが客人を連れてここに来る。アン、アーロンとキャスリーンに残るよういってくれ。それから、ジムとブライアンも呼べるようにしておいてほしい」

「長時間は無理だと思う」アンが、ふたりにいった。「ガセミはあまり眠れていないと、ジャニュアリーがいっていたから」

ウィリアムズは、ちょっと考えてから答えた。「たいして時間はかからないと思う」

「なにか考えがあるの？」アンがきいた。

「いま練っているところだ」ウィリアムズは答えた。

追及しないほうがいいことを、アンは知っていた。ウィリアムズがなにか教えたいことがあれば、みずから口にするはずだ。それに、ウィリアムズとバンコールが、数十年におよぶ軍隊での過酷な経験――と知恵――がこめられた視線を交わすのを、アンは見ていなかった。睡眠不足について考えられることは二種類ある。まず、昔ながらのわかりきっている見かたは、訊問を受ける捕虜の抵抗が弱まるというものだ。だが、つぎのもっと現代的な見かた――熟練の軍の心理学者が奉じている見解――では、休息をとった捕虜のほうが、嘘をついているか、それとも情報を探ろうとしているかを見極めやすいとしている。捕虜がじっと聞いているのを、観察すればいい。なにに反応するか、なにに警戒するか、なにが話題を変えてべつの話題を持ち出すきっかけになるか――すべて、敵がなにを知り、なにを疑っているかについての貴重な指標になる。ウィリアムズとバンコールは、三番目、四番目、五番目の手法があることも知っていた。地球上のほかの国はともかく、アメリカは拷問に不快感を示す。水板責めか電気ショックを数時間の間隔をあけて二度やれば、情報が溢れ出る。捕虜が嘘をついていた場合、拷問をやめさせるために最初にいったことを憶えていないし、当然、異なるふたつの筋書きができてしまう。捕虜が真実を告げていたときにも、おなじ結果が出る。ウィリアムズもバンコールも、その手法を使ったことはなかった――捕虜のためではなく、戦後、自分たちがどういう気持ちになるかを考えたからだ。戦闘はそれでなくても人間性を奪うものだし、意図的な虐待をその活動に付け足せば、たましいに負の烙印を捺すことになる。

向精神薬は四番目の手段だが、得られたデータは支離滅裂なことが多く、不明瞭、平静、記憶喪失という三種類の状態が入り混じって、きわめて限られた結果しか出ない。最初の投薬量はひとによって異なり、効果の持続時間もまちまちで、二度目の注射はさらに当てにできない。

だが、五番目の手法もあり、ウィリアムズはさきほどの発言で、バンコールにそれを採用するかもしれないとほのめかした。

「アン、わたしはアーロンに会いにいく」ウィリアムズはすでにドアに向かいながら、そういった。

「なにか具体的な目当てがあるの？」

「見つけてほしいことがある」ウィリアムズはいった。「ヘリが到着したら、教えてくれ」

アンは、わけがわからないという顔をしているバンコールを見た。バンコールはウィリアムズにつづいてオフィスを出て、自分のオフィスへ向かった。ガセミの現況と、ロジャー・マコードのキューバ行きの現況を確認するために、アンはしばらくそこにいた。ガセミは、時間を節約するためではなく、安全のために、ヘリコプターで運ばれる。クアンティコ付近にいたスナイパーが発見されるまで、基地を出入りする車両の安全を確保するために、道路沿いに監視が配置されることになっていた。マット・ベリーが、マコードが午後八時レーガン国際空港発の外交官用の便に乗れるように手配していた。アメリカは、島国キューバとの政治・経済の結び付きを強化するために、一日二便を出していた。マコードは、必要書類がメールで届くのを待たなければならないが、キューバへまちがいなく行ける。

　自分のオフィスへ行くときに、アンはポーのべつの短編のことを考えた。それが突然、この状況にふさわしいように思えてきた。やはり探偵C・オーギュスト・デュパンが登場する『モルグ街の殺人』。被害者ふたりを知っているだけで無関係の銀行員が訊問を受ける。ガセミもそうなのかもしれない。

　だが、オプ・センターの活動は、ひとつの問題にいくつかの異なる手法で取り組むことを要求する。要するに、諜報作戦によって資源が消費される。チェイス・ウィリアムズがここできわめて有効な力になっているのは――それに、よその官僚たちに激しく嫌われているのは――ウィリアムズの提案がどれも必然的に、予算の水増しや重複している活動の多くに切り込んで、オプ・センターの最大の目的を達成するからだと、アンは思った。

国を護るというのが、その目的だった。

27

キューバ、ロウルデスSIGINT基地
七月一日、午後七時十七分

アドンシア・ベルメホは、毎日の暮らしに自分の研究の原理があてはまるときに、至上のよろこびを感じる。カストロとともに活動していたときには、そういうことが多かった——まるでニュートン物理学のようだった。自分たちに対する軍事行動は、同等の反作用を引き起こした。自然は真空を嫌うという原理のように、バティスタ軍の兵士たちは広々とした空間に誘われて出てきた。

原子物理学では、原子核がもっと軽い複数の原子核に分かれることで、エネルギーが発生することを、核分裂という。きょうは、予期していなかった客のエンリク・サンフリアンが、べつの基本的概念を実施するのに役立とうとしている。

一時間後に、スカーフを巻いてアパートメントを出たアドンシアは、建物の火災があったのとは反対側を歩いていった。コンクリートの歩道と、そのそばの芝生は、めったに使われない消火用ホースが古びて錆びた消火栓にぴったり合わなかったためにこぼれた水で濡(ぬ)れていた。空気は焦げた木と燃えた紙のにおいがしていて、もっとも燃えやすい物質のにおいがする煙が、地面近くに漂っていた。アドンシアは、スカーフで口を覆った――おかしなものだと思った。葉巻が大好きなのに、おなじようなにおいをひどく不快に感じる。古いランブラーをとめてある駐車場を通り過ぎた。

アドンシアの目的の場所は、ドアの上にいまも中央計画委員会(フンタ・デ・プラニフィカシオン・セントラル)という古い表札がある小さなオフィスだった。中央計画委員会は一九九三年に廃止されたが、ロウルデスのキューバ人管理職の小規模なチームは。何事にも革命の郷愁を抱きつづけている。だから表札が残っている。それに、いまもそれに相当することをやっている。ハバナの政府が必要とすることは、ロシア人かキューバ人の作業員によってここから送られる。

「こんばんは、チャノ」六十二歳の事務員に、アドンシアは挨拶(あいさつ)をした。「おもしろい一日だったね」

チャノの表情が、ノートパソコンで書類を作成せずにすむのなら、もっと愉快だったのにと語っていた――そもそも書類仕事が嫌いな人間にとっては、気が遠くなるくらいうんざりする仕事なのだ。紙の書類ではなくなったから、なおさらだった。

「なにか必要なものがあるんですか、ベルメホ博士?」チャノがいらだたしげにきいた。「調達しないといけないんです――説明できないくらいいっぱいある」チャノがきっぱりといった。「しかし、装備を新しくする必要があるので」

「小さな川を見てわかった」アドンシアはいった。

チャノは一瞬、なんのことかわからなかった。キーボードを打つのを中断しなかったので、それに気をとられていたからでもあった。「消火栓やホースだけじゃないんです。燃えてしまったものも新しくしないといけない。やつら、まださかんにわたしにメールをよこしているんです」

「それじゃ、あまり手間をかけないようにする」アドンシアはいった。「入所許可がほしい」

チャノ・ロドリゲスは、即座に用心深くなった。それが仕事だからだ。「だれの?」

「教えたら、だれにもいってはだめだよ」

チャノが、キーボードを打つのをやめた。「だれですか?」用心よりも好奇心のほうが強くなっていた。

「アルベルト・ゲバラ」相手がその名前を銘記するのを待って、つけくわえた。「いとこよ」

革命の英雄に対する十字の切りかたがあったら、チャノはそれをやっていたはずだった。そうはせず、ただ目を丸くしていた。「生き残っている血族がいるとは知らなかった」

「ほとんど生き残っていないんだよ」アドンシアは答えた。「だから、これは頼みたくなかったんだけど、彼が会いたいっていうし、ないとはいれないから――」

「はいれますよ」チャノがいった。「わたしが警衛に電話します。だけど、彼に会わせてくれないとだめですよ」

「あんたのために頼んでみる」アドンシアはいった。「彼は人との関係に用心深いからね」

「でしょうね。わかります」チャノはいった。「時間は?」固定電話機を取って、番号をダイヤルしながらきいた。

「三十分後にバス停に迎えにいく」

チャノが電話をかけて、〝有名人の客〟とだけいってから、偉大な歴史の一部に関わらせてもらったことについて、アドンシアに礼をいった。――〝たとえほんのわずかでも〟といういいかたをした。

アドンシアはチャノに礼をいって、仕事を再開させた。アパートメントに歩いて戻るときに思った。こんなふうに軽い原子の新ゲバラが創られた。あとはエンリクを基地外に出すために、解き放たれたエネルギーで警衛を操ればいいだけだ。

闇(やみ)が訪れると、アドンシアはジーンズをはき、灰色のフリースのベストを着た――冷たい海の大気から骨ばった体を護るためだけではなく、葉巻をたくさんポケットに入れられるように。それから、アパートメントの前に車を持っていって、エンリクをリアシートに座らせた。エンリクは婦人物のレインコートを着ていた――きつかったが、肩からはおっていれば、暗がりでは通用する。アドンシアは、葉巻に火をつけた。

「警衛はおれを知ってます」エンリクがいった。「毎日、おれの顔を見てるから」

「だからうしろに乗ってもらったんだよ。覗(のぞ)き込まれないかぎり、だいじょうぶだよ」

「ロシア人がまだ捜してる」闇を覗きながら、エンリクがいった。

「あたしたちが出ていったあとも捜すだろうね」アドンシアが、自信たっぷりにいった。

アドンシアは、昼間に歩いた草原のすぐ東にあるゲートまでの短い距離を運転していった。あれはきょうのことだったのか？　古い木造の警衛詰所の横に、新しい鉄のゲートがあった。Ｗｉ－Ｆｉがはいっただけで、警衛詰所は六十年以上変わっていない。

アドンシアが車をとめると、粋なブルーの制服を着た若い警衛が驚いた顔をした。

「博士、内密に歓迎するお客さんといっしょに到着すると聞いていたんですが」

「勘違いだよ」辛抱強く葉巻をふかしながら、アドンシアはいった。「あたしが会いにいったとき、チャノはえらく忙しそうだった――いろいろ起きてるんだろう？」

「ええ」警衛が答えた。

「有名人のお客といっしょに出ていくと、チャノはいったつもりだったのさ。通しておくれ――遅れてるんだ」

若い警衛は、わけがわからないという顔をした。「でも、いつどうやってここを通ったんですか？　入所記録と照らし合わせないといけません」

「彼は火事の最中に来たんだよ」アドンシアは、携帯電話を取った。「マウリシオ、急いでるんだ。あたしがチャノに電話して、確認しようか？」

「よければ、わたしがやります」若い警衛がすまなそうにいって、警衛詰所のほうを向いた。「仕事ですから」奥の壁ぎわにある小さなデスクの電話機に手をのばした。

「ちょっと待って！」アドンシアが鋭い声でいった。「フラッシュライトはある？」

警衛がふりむいた。「ありますよ」

「持ってきて」

「博士？」

「持ってきてといったんだよ！　忠誠な顔、ゲバラの目を照らすんだ。いとこが殺されてから五十年目に名誉を称える相談をするために、あたしと食事をした旧友、革命の仲間を――これから国家評議会議長官邸へ連れていくんだ。軽はずみにも彼の顔を照らしたりしたら、おまえは一生この警衛詰所で勤務するはめになるよ、マウリシオ。一生！」

若い警衛は、片手を強力なフラッシュライトに置き、反対の手を電話機においたままでいた。彼にはこの女性のような母親、祖母、曾祖母がいた。警衛は車内の闇を覗き込み、ためらってから戸口に戻ってきて、ボタンを押した。金属製の遮断器があがった。

「どうかお許しください」警衛はいった。「勘違いですね。わたしは朝からずっと勤務してたので、頭がちゃんと働いてないんです……よくわからなかったんです」

アドンシアは、葉巻を嚙みしめて、機嫌を損ねていることを示してから、車を出した。道路に出て、草地と道路にまたがってとまっている八百屋のトラックをよけたとき、リアシートのエンリクの荒い呼吸が聞こえた。

「逃げ出しそうになったけど、怖くて体が動かなかった」エンリクがいった。「どうやって戻るんですか？　あいつがしゃべるでしょう」

「しゃべらないと思う」アドンシアはいった。「チャノ・ロドリゲスが身許を保証した客といっしょに出かけていったと記録するはずだよ。チャノは確認しない。きかれたら、すばらしい訪問だったといってやるさ」

「あなたはすごいですね」エンリクがいった。「恩義ができました……国があなたに恩義があるのとおなじように」この女性に対してそれ以上の誉め言葉を思いつかなかったので、つけくわえた。

アドンシアも脈が速くなっていた。かなり長いあいだ、こういうことを経験していない――権威をふりかざすキューバ人に対してやったことも愉快だった。ほかのこととは比べ物にならないこの感情を味わう機会は、ぜったいに逃したくなかった。

ＳＩＧＩＮＴ基地を中心に発展した、ハバナの郊外ともいえるような町まで、アドンシアはエンリクを送っていった。マンチュアにあるエンリクの貸間の表には警察がいたので、そこへ身の回り品を取りにいくことはできなかった。

「こうしよう」アドンシアはいった。「ハバナまで行き、そこで必要なものを買い、あんたはバスで出発する。家族のところへ行ってはだめだよ——あんたが出勤しなかったら、やつらはそっちを調べるはずだからね」

「ガルダバラカのホテルで働いたことがある」エンリクがいった。「所有者に気に入られた——そこへ行く」

「それでいい」アドンシアはいった。「服、バスの切符、それから目立たないように食事をする。わかったね？」

北へ短い距離を移動するあいだ、エンリクは感謝の言葉をいうのが精いっぱいだった。アドンシアは葉巻を吸い終えて、サイドウィンドウから投げ捨て、ベストのポケットからつぎの一本を出した。親指の爪でマッチをすり、勝ち誇ったように火をつけた。

ふたたび善良な人々の味方になるのは、いい気分だった。

28

ヴァージニア州スプリングフィールド
フォート・ベルヴォア・ノース
オプ・センター本部
七月一日、午後七時三十四分

「遅れて申しわけない」自分のオフィスにはいりながら、チェイス・ウィリアムズはいった。「将軍、また会えてよかった」ほとんど立ちどまらずにガセミと握手を交わしながらいった。

ウィリアムズの承認を得て、アンはガセミ准将とジャニュアリー・ダウを狭い会議室ではなくそこへ案内した。一カ所の会議室からべつの場所の会議室へ移ると、おなじパターンがくりかえされる感じが強まるので、賢明な戦術ではない。オプ・センターでは、だれもそれを望んでいなかった。

ポール・バンコールとアンが、ガセミと見るからに不満そうなジャニュアリーとともにそこにいた。ガセミはアンが用意した水を飲んでいた。ジャニュアリーはソファにガセミとならんで座り、組んだ脚が聞こえないビートに合わせていらだたしげに床を軽く叩いていた。

ウィリアムズは、ドアを閉めた。デスクの奥へは行かず、ソファのすぐ前でデスクの縁に寄りかかった。アンは部屋の反対側で立っていた。ゆっくりと一度、首をふった。バンコールは、ガセミの向かいの肘掛け椅子に座っていた。

「サーデク・ファラーディー博士について、最新情報を聞いていたところです」ウィリアムズはいった。ガセミをまっすぐ見据えた。「彼のことを知っていますね、将軍?」

「名前を聞いたこともない」

「あなたの政府の海外防諜部門で働いているんですよ。その部門は知っているでしょう?」

「それは知っているが――」

「ファラーディー博士のチームは、低レベルの放射性物質で個人をタグ付けする作業を行なっています。テヘランが追跡できるように。そういうものを聞いたことがないのですか？」

「聞いたことがない、ミスター・ウィリアムズ」

「会ったこともない？」

「憶えているかぎりでは、ない」

「ファラーディー博士は、お嬢さんを知っていますよ」

ガセミは、すぐには反応しなかった。

「将軍？」ウィリアムズはいった。

「すまない。考えていた」ガセミがいった。「娘の友だちはほとんど知らないし、娘の同僚と会ったことはないと思う」

「わかりました」ウィリアムズはいった。「キムに発砲したスナイパーについて、なにかわたしたちに話せることはありますか？」

「それも、まったくない」ガセミはさらにいった。「みなさんとおなじように、心配になった。ミスター・キムには好感を抱いてる」

「スナイパーを使ったことはありますか？」

ガセミがまた黙り、ジャニュアリーの脚の動きがとまった。アンがそっと笑みを浮かべた。イラン人博士に関する最初の一斉射撃がどういうことなのかは知らなかったが、見事な質問だった。ガセミがノーと答えれば、嘘をついていることがほぼ明らかになる。イラン軍の将校はだれでもイラクでスナイパーを使った経験がある。イエスと答えれば、はぐらかす余地がない質問を浴びせられ、嘘をつけばただちにわかる。

「使ったことはある」ガセミが答えた。

「名前、所属部隊、武器を教えてくれますか？　そのうちのだれかがわたしたちの空港を通ったかどうか、調べられるように」

ガセミが口ごもった。「精いっぱい思い出すようにする」

ウィリアムズはうしろに手をのばし、自分のタブレットを取って、親指を使い、眠りから醒(さ)まさせた。それをガセミに渡した。

「時間がかかる」ガセミがいった。

「どうぞごゆっくり。考えているあいだに、ききたいのですが――キムを脅すような理由が、どこにあるのですか？」

ジャニュアリーが、急に立ちあがった。「チェイス、外で話ができないかしら？」

ウィリアムズは動かず、二秒か三秒の膠着(こうちゃく)状態が、あとの三人には世界戦争のように思えた。ジャニュアリーが、その理由に突然気づいた。「将軍が考えているあいだに」

「いいよ」ウィリアムズはいって、ジャニュアリーとともにオフィスを出た。

廊下に出ると、ウィリアムズはアンのオフィスに向かった。ふたりはなかにはいり、ウィリアムズはドアを閉めた。

「きみは彼を掩護（えんご）しようとした」ウィリアムズは腹立たしげにいった。

「わかっています。すみません」ジャニュアリーがいった。「でも、ずいぶん乱暴に扱っていた。アンは、あなたが質問するといった。かまをかけるのではなく」

「かまをかけてはいない」

「そうかしら？　ファラーディー博士とパランド・ガセミの結び付きについて、確実に利用できる情報があるの？　わたしたちはＴＡＧのことは知っているし、イラクでガセミを検査した。問題なかった」

「きみたちの手順は知っているし、ガセミがファラーディーを知っていると思ってはいなかった。テヘランにはそういう垂直の統合（複数の組織・部門を一体化して運用すること）はない」

「だったら――？」

「新しい環境でガセミを観察したかった」ウィリアムズはいった。

「子供をお菓子屋に連れていくっていうやり口？」ジャニュアリーがいった。「それはクアンティコでやったわ、チェイス。わたしはこういうことの新米じゃないのよ」

「これからやるところだったんだ」ウィリアムズが答えたので、ジャニュアリーはほっとした。「その前に、ガセミが質問するかどうか、まわりを見まわすかどうか、知りたかった――」

「どうしてそうしなかったってわかるの？　わたしたちがあそこに十分いてから、あなたが――」

「アンに聞いた」ウィリアムズはさえぎった。アンが首をふったことは教えなかった。

「もうひとつについてだが、テヘランはガセミのいどころを知っていると、わたしは確信している」

「どうして？　ガセミは独りきりになったことはないし、電子機器には手を触れていない。そういう意味なら」

「そんなものは彼には必要ではなかった」ウィリアムズはいった。「名前をふたついおう、ジャニュアリー。アブー・カーンとパク・ダイ。それぞれ、ＩＳＩＳと金正恩の北朝鮮からの亡命者」

ジャニュアリーが、考え込むというよりは不思議そうな顔をした。

「ふたりとも、去年、大使館にいた。カーンはアフガニスタンの、パクはソウルの大使館に。そして、ふたりともクアンティコに連れていかれた」ウィリアムズは、ギーク・タンクがあるほうを示した。「国務省の部内通信をハッキングした。五分かかった。テヘランはすでにその情報をファイルに入れていたにちがいない。自分たちの弱点を見つけるのには、不愉快なやりかただが、とにかくそういう弱点のせいで、ガセミの行き先を知られてしまった」

ジャニュアリーが、不安をあらわにした。「どうしてアレンを撃ったんだと思う？」

「わたしの推測をいおうか？　テヘランの作戦要領(SOP)と一致している。キムを殺したら、国際ニュースになる。ガセミの亡命が注目される。このやりかたなら、局地的な出来事ですむ。事情聴取、調査、結び付きを突き止めるために、わたしたちは時間を無駄に使い、なにが起きているのかを本気で捜査するのを怠(おこた)る。スナイパーひとりをいったい何人で捜しているのか？」

ジャニュアリーが答える必要はなかった。ふたりとも答を知っていた。数十人がかりで捜している。「それで、わたしたちはどういうことになるの？」ジャニュアリーが質問した。「たとえこういう重大な問題でも、亡命にはルールが――」

「激しく攻める目標ではなく、やんわりと攻めたほうがいい場合があるといいたいんだな」ウィリアムズは、講釈を断ち切るためにそういった。あらゆる形のそういう話を、何度となく聞いている。「ガセミはあそこではわたしたちに真実を述べたと思う。だから、基本的な反応のことをきいたんだ。さあ、戻って終わらせよう」

「なにを?」ジャニュアリーがきいた。

「訊問だ」ウィリアムズはいった。「終わったら彼を連れていっていい」

和平提案というよりは戦闘計画のようだったが、ジャニュアリーはドアのほうを示して受け入れた。

ふたりはオフィスに戻り、ウィリアムズは前とおなじ位置に立った。ジャニュアリーはドアを閉めて、その前に立った。ガセミの逃げ道をふさいだり、護ったりするためにそばに行けるようにそこにいるのではないだろうと、ウィリアムズは思った。バンコールがタブレットをウィリアムズに渡してうなずいた。ガセミは、知っているのが当然だと思われているような情報の要約を提供していた。いまはそれを深く掘り下げても無意味だ。ウィリアムズはタブレットをちらりと見て、デスクに置いた。

「将軍、あといくつか質問があるだけです」ウィリアムズはいった。「わたしたちはみんな、クアンティコで将軍が話したことを信じています。情報を探るためにテヘランがあなたをこちらに来させたということを。あれについても正直に教えてくださったことにお礼をいいます」デスクのタブレットを示した。「まだ話し合っていないことが、ひとつあります」

ガセミは無言で、じっとしていた。ソファに座っている姿が、ひどく孤独に見えた。

「将軍」ウィリアムズはいった。「お嬢さんに最後に会ったのは、いつでしたか?」

その場にいたものはすべて、ジャニュアリーも含めて、ガセミに変化が現われたことに気づいた。前かがみになっていたのが、体をそらして脚を組み、両手を膝に置いた。

ガセミが生唾を呑んだ。

「国を離れる数週間前だった」いかにも将軍らしい落ち着いた声で、ガセミが答えた。

「何週間前ですか、将軍?」

はぐらかすのではなく、考えているように見えた。「三週間前だ」

「それで、最後に彼女と話をしたのは?」

ガセミが、また生唾を呑んだ。「会ったときだ」

「動画が撮られる前ですね?」ウィリアムズはきいた。

ガセミがうなずいた。

「動画は――あなたのために撮られたのではなかった。そうですね?」ウィリアムズはきいた。「リスクが伴っているのを承知であなたが亡命したと、わたしたちに確信させるのが、目的だったんですね? あなたを信頼させるために」

「わたしには――ほんとうにわからない。そうかもしれない」

「お嬢さんは最後にあなたにどういうことをいいましたか?」ウィリアムズはなおも質問した。

思い出せないというように、ガセミがゆっくりと首をふった。

ウィリアムズは、尻でデスクを押して体を起こした。「よく考えて、将軍」

ジャニュアリーが二歩進んで、ソファのうしろに来た。「チェイス――」注意した。

ウィリアムズはジャニュアリーを無視した。「将軍? 彼女は最後にあなたになにをいいましたか?」

ガセミが、ウィリアムズのほうを見た。「娘は――」そこで言葉を切り、息を吸った。

「やめて、チェイス!」ジャニュアリーがいって、ふたりのあいだに割ってはいろうとした。

「まだだ」ウィリアムズはジャニュアリーの横をすり抜けて、ソファの肘掛けの上に身を乗り出した。押しのけないかぎり、とめられなくなった。「将軍――パランドはあなたになにをいったんですか?」

「わたしにここへ来るように求めたのは、娘だった」

全員が凍り付いた。

「だれの指図で?」

「ヨウネシー検察官だ」ガセミはいった。「ほんとうだ……事実だ」

ウィリアムズは動かなかった。ジャニュアリーが、そのうしろに来た。

「将軍、だいじょうぶですか?」ジャニュアリーがきいた。「お水がいりますか?」

「ベビーシッター」バンコールが、声を殺していった。

「なんですって?」ジャニュアリーが、バンコールを睨んだ。

「ひとりごとだ」バンコールが応じた。

ウィリアムズは、そのやりとりをほとんど聞いていなかった。アンのタブレットが電子音を発した。それもウィリアムズは聞いていなかった。

「娘を傷つけないでくれ」ガセミはいった。はじめて自分からいった言葉だった。本心だと、ウィリアムズは信じた。

「そういう結果が望ましいと、わたしたちは思っています」言質をあたえないように、ウィリアムズはそういった。「もうひとつ質問があります」ガセミを見たままで、ウィリアムズはいった。「どうしてその計画を最後まで押し通さなかったのですか、将軍?」

　ガセミが、すすり泣くような長い息をついた。「最後までやるつもりだった」と認めた。

「でも？」ウィリアムズは畳みかけた。

　ガセミが、はじめてウィリアムズのほうを見あげた。「わかってもらいたい。そうするしかなかったのだ。しかし、これだけはいっておく。彼女の目は、わたしの娘の目ではなかった。ほかのなにか、ほかのだれかの目だった。わたしには」――喉を詰まらせながらつづけた――「そこに自分の娘のたましいが見えなかった。なにが起きたのかわからない。これがどうなるのかわからない」

「わかっていると思う」アンがいった。

　ふたたび、水を打ったような沈黙が流れた。アンが自分のタブレットを、ウィリアムズに渡した。アーロン・ブレイクが、ＭＵ――最緊急――とフラッグを付けたメールだった。ウィリアムズはそれを読んだ。非情な顔になっていた。ジャニュアリーとガセミのほうを見た。

「パランドの動画を、わたしたちのチームが分析した」ウィリアムズはいった。「監房で彼女を鞭打っていた男は、サーデク・ファラーディー博士だと、彼らは確信している」

29

ロシア、アナドゥイリ
前哨(ぜんしょう)基地N64
七月二日、午後一時十四分

施設の名称は、それが建設された緯度、北緯六四度四四分一一・九六二三秒を示している。そういう特殊な名称になったのは、地下掩蔽壕(えんぺいごう)とサイロ二本の目的をクレムリンが示したかったからだ。フルシチョフにとって、その緯線はターゲットの北米をじかに指している線だった。

とにかく、それがボリシャコフの聞いた話だった。当時は——考えてみれば、いまもおなじだが——噂(うわさ)はニュースよりも信頼できる種類の情報なのだ。

ハッチには、ばね式の蝶番(ちょうつがい)が付いている。鍵をまわすと、厚さ五センチの鉄板が持ちあがるはずだった。だが、何十年も使われず、凍り付いていたので、ばねの力だけではあかなかった。ユーリーがケースから大きな鍵を三本出し、一本を差し込んだ。錠前の機構がまわる音が聞こえたが、それだけだった。ユーリーが車に戻り、装備のなかを探して魔法瓶ほどの大きさの容器をもってきた。ストローのような細い管をハッチの鉄板の縁に差し込み、ボタンを押して、高圧の極寒地用ポリアルファオレフィンをハッチの周囲に注入した。隙間の凍り付いた土と氷に、潤滑剤がしみ込んだ。

「さがれ」四つん這いで身を乗り出し、眺めていたボリシャコフに、ユーリーが指示した。

ボリシャコフは、いわれたとおりにした。つぎの瞬間、蝶番がきしみ、大きな金属の悲鳴をあげてばねに弾かれた。ハッチはあかなかったが、蝶番はうごくようになった。

「おれたちもまともなものを造れるんだな」ボリシャコフは、感心したようにいった。

ユーリーが車に戻って、潤滑剤をしまい、金梃子とフラッシュライトを持って戻ってきた。自分なら一度ですべて持ってくると、ボリシャコフは思ったが、ユーリーにも自分の流儀があるのだろう。それに、そうすれば忘れ物もしないはずだ——GRUの任務ではそれが生き延びるのに肝心なのかもしれない。

ユーリーがハッチの縁を金梃子で一周なぞり、つかえている部分がないことを確認した。縁に金梃子を差し込んで、そっと押すと、ハッチがかすかに持ちあがった。

「そいつをおれによこせ」ボリシャコフがいい、手をのばした。

ユーリーが金梃子を渡し、力いっぱい金梃子を下に押しながらハッチの縁を引きあげると、一分とたたないうちにハッチが完全にあいて、直立した状態で固定された。ユーリーが狭い縦穴のなかをフラッシュライトで照らした。十数センチ奥まで変色して表面が剝（は）がれていたが、その先の濃い灰色に塗られた金属面はほとんど無傷だった。

「おれたちはかなりまともなものを造れるんだな」ボリシャコフが、おなじことを小声でくりかえした。

ユーリーは鍵を抜いた。金梃子を車に戻し、大きなバックパックをふたつと放射能測定器を持ってきて、測定器のスイッチを入れた。測定器が探知音を発したが、ふたりがいるところは許容できる範囲の数値だった。ユーリーの真下に梯子（はしご）があった。放射能測定器とフラッシュライトをボリシャコフに渡し、ユーリーがおりはじめた。下に着くと、放射能測定器とフラッシュライトを渡し、バックパックもおろして、つづくようボリシャコフに命じた。ふたりはユーリーの身長よりも三〇センチほど高い狭い縦穴に立った。

ボリシャコフが立っている場所の背後に、潜水艦にあるような水密扉があった。蝶番とは反対側の上下にそれぞれ一カ所ずつ鍵穴がある。密封機構は風雪で傷(いた)んでいないようだった。ユーリーが梯子を昇り、ボリシャコフがフラッシュライトで照らしながらつづいた。地上との境のハッチが閉められ、ロックされて、ガタンという大きな音でボリシャコフはなじみのある痛みを鼓膜に感じた。戻ってきたユーリーが、鍵二本をそれぞれの鍵穴に差した。

「おれが下の鍵をやる」ユーリーがいった。「もしよければ――」

「もちろんだ」ボリシャコフは、上の鍵の前に行った。ふたりとも見えるように、フラッシュライトを脇(わき)に挟んだ。それも体で憶えている第二の天性になっていた。よく知っている鍵を指で挟んだ。

「三つ数える」ユーリーがいった。

三つ数えると鍵がまわされ、錠前の機構が同時にカチリという音をたてた、ユーリーが息を吐くのを、ボリシャコフは聞いた。ボリシャコフは一歩下がり、ユーリーが立ちあがって、鍵を抜いてから、まんなかの鋼鉄のハンドルをまわした。それによって、内側で水密扉を固定している爪のようなクリップがいっせいにはずれる仕組みになっている。

水密扉が縦穴のほうに外開きになるので、ボリシャコフはどかなければならなかった。乾燥した空気は記憶とはちがっていたが、三十年のあいだ閉ざされ、換気されていないのだから、当然だった。スイッチの位置を知っているとおぼしいユーリーが手探りし、蛍光灯が何本もついた。

「つくかどうか、わからなかったんだ」ユーリーがいった。

「蛍光灯の寿命は、六千ないし六万時間だ」ボリシャコフはつぶやいた。「全員、取扱説明書を読んだ」首をつっこんで、見まわした。「ほとんどのものの操作方法を、おのおのが知っていた」

ユーリーが、水密扉の縁をまたいで、なかにはいった。ボリシャコフはつづいた。別世界に来たように、呼吸しづらい空気だった。ボリシャコフはすぐさま奥の壁の計器盤に近づいて、青いボタンを押した。通風管の下の換気扇がまわるはずだったが、まわらなかった。

「修理しないといけない」ボリシャコフは、見あげていった。「空気ははいってくるが、通風管が保護されていなかった」

ユーリーは聞いていなかった。放射能測定器の小さなチッチッという音——心配がいらない低レベルなので間隔が長かった——とともに、指揮所のいっぽうへ行き、そこでじっと立っていた。黙り込んでいるのがその場にふさわしいと、ボリシャコフは思った。ユーリーの前では、円筒形の白い筐体（きょうたい）と先端が尖（とが）った赤い弾頭が、フラッシュライトの光を浴びていた。それは移動発射器に搭載され、直立している核ミサイルだった。やがてユーリーがフラッシュライトをうしろに向けて、もうひとつの弾頭部覆い（ノーズコーン）を照らした。

「文明を破壊する威力」ボリシャコフはいった。ユーリーに近づいた。「すべての文明を破壊する威力だ。ここまで来たからには、理由を説明してくれないか？」

ユーリーがフラッシュライトを消し、放射能測定器を置いた。父親の質問には答えなかった。計器盤へ行き、発射管制とは無関係な左端に身を乗り出して、計器盤の横に接続されている受話器を取った。ダイヤルはない。不気味な黒い受話器だけだった。施設を建設したときに、アナドゥイリの約二〇〇〇キロメートル西のラプチェフ海に面したティクシからの電話幹線にケーブルが接続されたことを、ボリシャコフは思い出した。そこからノリリスク、スイクティフカル、モスクワにつながっている。これはフルシチョフの秘密計画だったので、当初、その回線の終点はクレムリンの人民委員のオフィスだった。べつのところへ終点が変更されたことは明らかだった。

「N64よりXA1（ハー・アー・アジン）へ」ユーリーがいい、さらにくりかえした。

ＸＡ１はＧＲＵ本部があるホドゥインカ飛行場にちがいないと、ボリシャコフは思った。

壁が厚いので、音が伝わりやすく、ボリシャコフに応答がかすかに聞こえた。

「どうぞ」

「座標は正しかった。目標は達成された」ユーリーがいった。「中身が無事に確保されたことを、イランに伝えてほしい」

30

キューバ、ハバナ
七月一日、午後十一時一分

六十年ほど前までは、ハバナの夜にはカジノの外の明るい光、なかの笑い声、上の階での罪深いお楽しみという印象が付きまとっている時代があった。

革命後、マフィアとアメリカの利権が逃げ出すと、ハバナはたちまち夢が破れた無気力な状態に陥った——もとから漠然と思い描かれていただけの、夢が実現することは望めなかった。カストロの社会主義は、ソ連とその後のベネズエラの資金援助に頼り、不可欠な公共サービスはそれで支えられたが、雇用と生活水準は徐々に悪化していった。

ロジャー・マコードにはハバナについて下調べする時間がなかったので、歴史書やマスメディアが伝えていることしか知らなかった。インテリジェンス・コミュニティの公式報告書には、もっと徹底した正確な情報があった。キューバはロシアを小さくしたようなもので、実質的にブラックマーケット経済から成り立ち、麻薬密売とマネーロンダリングの仲介国で、アメリカ国境を破ろうともくろむ国にとっては、多大な利益がある拠点だった。飛行機、船、潜水艦までもが、フロリダやメキシコ湾岸と往復して、テロ組織の幹部の立案者を運んでいた。国土安全保障省は、こうした往来のほとんどを掌握(しょうあく)していて、たいがいの場合、それらの男女が密入国するのを監視するだけにした。計画と戦略を知るには、彼らを逮捕せずに監視と傍受を行なうのが最善の方策だからだ。

マコードは、いつでも持ち出せるように用意してある携行品用の小型スーツケースを片手に持ち、レーガン空港に向かう途中で妻と娘たちに電話をかけて——突然の帰宅と出発、ことに出発のほうに、家族は慣れている——レーガン国際空港を午後八時に出発する便に、じゅうぶんな余裕をもって乗ることができた。ノンストップ便のフライトは二時間四十五分足らずで、到着すると税関のそばの狭い部屋で書類が確認されるのを待った。アメリカのボート協会から書類はオプ・センターにメールで送られ、プリントアウトされ、電子的に署名されたもので、ワシントンＤＣのキューバ大使館の特別な認証を得る必要があった。

待つあいだにマコードはメッセージを確認した。用心深く言葉を選んだメールが、〝ＣＷ〟からほんの数分前に届いていた。

タンク：博士ＡＴＭ使用、午後十時二十二分、セントロ５９のバー、アベニダ・デル・プエルト。

八十代なのに元気がいい、とマコードは思った。

海兵隊のためにＭＡＲＳＯＣの情報作戦を指揮していたときに、マコードが大成功を収めたのは、待つことが重要だというのを、身をもって学んでいたからだった。

欠陥のある情報は確実にひとの命を奪うが、情報を得るために焦って活動することも、それとおなじくらい危険だった。攻撃が差し迫っているときや、重要ターゲットが逃げようとしているときなど、リスクをとらなければならないときがある。そのいっぽうで、あせっているように見られるだけでも、情報を手に入れ損ねたり、情報へのアクセスに失敗したりすることがある。

そういうときには、不安気な態度が警戒を呼び覚まして、いっそう時間がかかってしまう。マコードは、キャスリーンが見つけた、ベルメホ博士が写っているモスクワのシンポジウムの写真を呼び出し、ギーク・タンクがまとめた彼女の特徴のデータをじっくりと見た。身長一五八センチ、付けている可能性が高いジュエリー、好みの靴――正式な場でも十字架にローヒールの靴だったので、ふだんでもおなじだと考えられる。個人的な習慣――写真を拡大して分析した結果、左手中指の皮膚が変色していることから、煙草か葉巻の愛煙家だとわかる。ほかにも同様の観察が記されていた。

マコードの書類は、びっくりするくらい早く承認された。荷物検査を受けて税関を出ると、マコードは急いで道路際に出て、退屈しているような顔のタクシー運転手に住所を教えた。いや、汗をかくのにうんざりしていたのかもしれない。陽はとうに沈んだのに、まだ三〇度を超えていた。ホセ・マルティ国際空港のターミナルと道路脇のさまざまな樹木に挟まれたそこは、海からの風で息をつくことができなかった。

マコードは、黄色いタクシーのシートに座った。アメリカのクラシックカー――革命直前の一九五〇年代末期のフォード・ギャラクシー。頑丈な感じなのが新鮮だった。マコードはバーの店名と住所を運転手に教え、ベルメホ博士がそこを出る前に見つけられることを祈った。シンポジウムのプログラムを翻訳して得た情報で、博士が英語とロシア語ができることがわかっている。マコードはスペイン語を多少学んでいたので、話をするのはそう難しくないはずだった。

ベルメホがそこにいれば、とマコードは思った。もう勘定を払って帰ったかもしれない。

あいにく、そうだったことがわかった。道路はあまり混んでおらず、十分で着いた。バーは白いレンガ造りの古い建物で、中途半端に改装されていた。マコードは運転手にたっぷりチップをはずみ、何時まで仕事をするのかときいた。

「午前九時までだよ」運転手が答えた。「でも、必要ならもっと長くやる」

マコードは、運転手に礼をいって、携帯電話にタクシー会社の電話番号と運転手の名前を保存した。それからバーにはいっていった。そのときは客よりも室内の椰子(やし)の木のほうが多いほどだった。ほとんどが男だった——バス運転手、警官、公務員などらしく——ゆっくりとまわるファンの下で座り、遅い時間のタパスを食べながら、ビールを飲んでいた。

スツールに腰かけて飲み物を注文し、ベルメホ博士という友人を探しているとバーテンにいおうかと、マコードはじっくり考え、そうしないことにした。ベルメホ博士を知っている人間は、彼女がどこに勤務しているかを知っているにちがいないから、どうしていどころをきくのか、不審に思うだろう。おなじ理由から、写真を見せるのもやめることにした。

マコードは洗面所へ行き、そこにもだれもいないとわかったので、博士が車をとめたかもしれない場所を見つけようと思った。アベニダ・デル・プエルトは、海岸沿いのかなり広い通りで、正面が古びた白い建物がならび、現代的な流行の看板が明るく照らされていた。表にも女性が何人かいた。バーにいた男たちとおなじような労働者で、長い一日のあと、バス停に向かっているようだった。歩きながら、マコードは急いで代案(プランB)をひねり出そうとしていた。おなじ旧市街のホテルの部屋を予約してあるが、ロウルデスの外でベルメホ博士を捕まえるのに何日もかけることはできない。ひょっとするとめったに外出しないかもしれない。

そうなると、基地内にはいるのに計画が必要だし——時間がむだになる。

あるいは——。

海がある方角に、要塞(ようさい)をそのまま使っている国家革命警察本部(コマンダンシア・ヘネラル)が見えた。マコードは立ちどまり、一瞬考えてから携帯電話をつかみ、ウィリアムズにメールを送った。

会えなかった。オフィスに向かっているのかもしれない。
車の特徴が知りたい。

ウィリアムズが一分以内に返信してきて、調べるようザ・タンクに命じたと伝えた。オプ・センターがロウルデスのファイルをひらいてからずっと、そこは衛星で監視されているので、役に立つ画像が得られるかもしれない。マコードが返信した。ウィリアムズは、その情報をどうするつもりなのかと、マコードにきいた。

バーを出たところで当て逃げされたと、警察にいう。

31

イラン、エヴィーン
エヴィーン刑務所
七月二日、午前七時三十四分

ドアに丁重なノックがあり、パランドは目を醒ました。猛暑で二カ所の窓からはいる風は気休めにもならなかったが、黒いアバヤを着たままで寝ていた。いつ呼び出されるかわからず、身支度しておかなければならなかったので、そうするしかなかった。急いで黒いヒジャーブをかぶって室内履きをつっかけると、パランドは急いでドアのところへ行った。

「彼らは発見した」六十代のファラーディー博士がいった。笑みを浮かべていた。

「ミサイル二基は良好な状態のようだ」

その言葉を聞いて、全身によろこびがみなぎるまで、自分がひどく緊張していたことに、パランドは気づいていなかった。パランドの反応を見て、サーデク・ファラーディー博士の笑顔がさらに明るくなった。

「空港まで送るヘリコプターが待機している」ファラーディーがいった。「すぐに出かけてくれ」

「もちろんよ」パランドは気を取り直し、切迫した状況を受け入れようとした。直接関与している人数はすくないが、アメリカかヨーロッパの人間がこの企てを探り出すかもしれないということを――詳細はともかく、気を引き締めなければならないほど――パランドは知らされていた。〝やつらの監視要員は莫大な人数だ〟とヨウネシー検察官がいっていた。

パランドは、着替えを入れてある小さなバッグと、装備用の頑丈で大きいブリーフケースを持った。パランドがドアのところまで行くと、灰色の髪のファラーディーが、それを両方とも持った。

「おまえのことを、たいへん誇りに思っている」ファラーディーが、そのときにいった。「検察官がよろしくといっていた」

「ありがとう、サーデク」そばを通るときに、パランドは顔を赤らめた。褒められるのは、仕事が終わってからにしてほしかった。核弾頭が無事にイランに届いたそのときですら、まだ彼女の仕事ははじまったばかりなのだ。

　ふたりは部屋を出て、早足で裁判所を出た。アスファルトの駐車場に出て、待機しているヘリコプターに向かうとき、気温はすでに三五度近かった。ローターの風ですこしはほっとしたし、イタリア製のアグスタ・ベル212の後部はさらに涼しかった。ファラーディーはパランドが乗るのに手を貸してから、荷物を渡した。

「〝地上を旅して観察せよ。かれがいかに、最初の創造をなされたかを〟」ファラーディーが、『聖クルアーン』の蜘蛛章二〇節を唱えた。「〝やがてアッラーは最後の（甦りの）創造をなされる〟」

　励ましの笑みを最後に向けると、ファラーディーは昇降口を閉めて、走って遠ざかった。ヘリコプターはテヘランの南東にあるドウシャーン・テッペ空軍基地に向かった。上昇して傾くというのは異様な経験で、パランドはあまり好きになれなかった。何週間も我が家だった背後の刑務所を見ようとしたが、陽光と影が位置を変え、ヘリコプターの動きと相まって、方向感覚がおかしくなった。ローターの連打の音も、耳のなかだけではなく背骨に響いていた。研究室のぐらぐらのスツールを除けば、パランドのこれまでの世界は安定し、予想しやすかった。

もうちがうと思い、パランドは胸のハーネスを強く締めて、座席に深く腰を押し付けた。いまでは全身が回転するプロペラになったようだった。さいわい、空軍基地まで は数分で行ける。ドウシャーン・テッペ空軍基地からは軍用ジェット輸送機で、ロシアのもっとも孤絶した地域まで十三時間のフライトが控えている。そこの気温は氷点を挟んで温度計のちょうど反対側に当たる。寒冷な気候を味わうのは、オクスフォードの学生のとき以来だし、アナドゥイリはオクスフォードとは比べ物にならないくらい寒い。

ヘリコプターが水平飛行を開始し、体のなかが安定すると、待ち受けているのはそれだけではないと、パランドは満足げに考えた。それから、父親のことに思いを馳せた。父親には理解できないだろうと思った。たしかに愛国者だが、キリスト教徒でもある。そのふたつが両立しないことを、パランドは悟るようになっていた。ファラーディー博士やヨウネシー検察官のような人物こそ、イランを未来へと導くほんとうの光明なのだ——。

過去ではなく。

最後に、父親に会えるかどうかはともかく——会えればいいと思ってはいたが——パランドは父親のために祈った。父親が不信心者や恩知らずの仲間ではなくなり、アッラーの許しを得て、天国へはいるのを許されることを……。

32

ヴァージニア州スプリングフィールド
フォート・ベルヴォア・ノース
オプ・センター本部
七月二日、午前零時十一分

ジャニュアリー・ダウは、その後の展開を待つために、ガセミ准将を連れてあらたな場所、ジョージタウンの隠れ家へ行った。これ以上の事情聴取は必要ないと思われた。ガセミが真実を語っていて、それが知っていることのすべてなのか、あるいは嘘をついていて、嘘を押し通すつもりなのか。どちらにしても、いつどんなふうにガセミを呼び出すかは、今後の出来事に左右される。

チェイス・ウィリアムズは、アンを帰宅させたが、アーロンとキャスリーンには、ベルメホ博士の車を見つけたあとも残ってほしいと頼んだ。キューバ国内には支援要員がまったくいないし、マコードを独りきりにしたくはなかった。

疲れた顔のキャスリーンがオフィスにはいってきて、タブレットのぼやけたグリーンの映像を見せた。予想どおりの時刻にSIGINT基地に向かっているランブラーが写っていた。

「ランブラー?」確認するためではなく、びっくりして、ウィリアムズはいった。

「そうです」キャスリーンがいった。「それに、きっと気に入りますよ——それ自体が証明してますから」

「よくわからないが」

キャスリーンが答えた。「ランブラー反逆者（レベル）なんです。一九五九年型」

ウィリアムズは、にやりと笑った。「感傷的な人間だな。色は?」

キャスリーンが、スクリーンの暗視映像を補正した。「シルヴァーか」ウィリアムズはいった。「ナンバーは見えるか?」

「最初の二文字はP3です」キャスリーンがいった。「あとは蔭（かげ）になっています。角度がよくないので」

「それだけでじゅうぶんだ」ウィリアムズはきっぱりといった。「すばらしい仕事をしてくれた。これからマコードが眠るつもりだとわかったら、帰ってくれていいよ」キャスリーンが礼をいって出ていき、ドアを閉めると、ウィリアムズはマコードにメールで情報を伝えた。十分後に、単語ひとつだけの返信があった。

終えた。

ウィリアムズは数分置いてから、メールを送らないでマコードに電話をかけた。自分たちの会話をロシア人が利用できるとは思えなかった。それに、傍受されていてもかまわないという気持ちもあった。アメリカとキューバの外交関係が樹立された時点で、キューバ人の人心収攬（しゅうらん）のための一騎打ちが開始されたことを、ロシアは認識しているはずだ。

「話をしてもだいじょうぶだな？」ウィリアムズはきいた。車のタイヤの音が聞こえていたので、マコードがコンクリート舗装の道路に出ているのだとわかった。

「いま警察本部を出たところです」マコードがいった。「でかくて立派な建物ですよ。

それに、本気でおれに手を貸してくれるようです」

「アメリカ人に来てほしいからか、それともロシア人にいなくなってほしいからか？」ウィリアムズはきいた。

「その両方でしょうね」マコードは答えた。「ことにスポーツ選手については対応するみたいですよ。ボートを漕(こ)ぐので怪我(けが)をしたくないといってやったんです」

「そっちのボート仲間には連絡したのか？」

「あすの朝、時間はたっぷりあります」マコードは答えた。「どうせおれが行くのはあしただと、先方は思っていますよ。警察はおれが特徴を教えた車を捜すはずです――Pは自家用車のナンバーです。それと3で、ランブラー・レベルを特定できるはずです。あしたもう一度行けばわかります」

「名案だったな」ウィリアムズはいった。

「おれがこっちにいるあいだに、なにかありましたか？」

　ウィリアムズは話した――どうとでも解釈できるようないいまわしで――ガセミが自分の位置を伝えたのではなかったこと、口を割り、娘が神権政治家に〝意のままに操られた(スヴェンガリード)〟のを認めたこと。

「気の毒な男だ」マコードは答えた。「彼が来たタイミングは――重大事が起きるのを示唆（しさ）しているんですね？」

「わたしもそう思ったよ。彼の付き添いですら、わたしが彼に意地悪な警官を演じたら心配していた」

「象牙（ぞうげ）の塔の白い粉が彼女の心に沁（し）みついてる」マコードがぶつぶついった。

「そのとおりだが、おかげでこっちは正直でいられる」ウィリアムズは答えた。

「これがどういうことなのか、まだ見当もつかないんですね。全員が自分の専門分野で突き止めたことはべつとして」マコードが、考え込むようにつづけた。

「それと、わたしたちが保有させたくないものの市場で、かなり積極的に活動している国があるということだけだ。休んでくれ。わたしは考える。きみは休んだほうがいい」

マコードが、不気味な沈黙で応じた。

「ホテルに行くんだろう？」ウィリアムズは、念を押した。

「ええ、まあ……しばらくようすを見たほうがいい」

ウィリアムズは相槌（あいづち）を打った。電話を切り、デスクに置いた。ギーク・タンクへ行って、家に帰っていいとキャスリーンに告げた。キャスリーンが肩の力を抜いてプレッシャーをほぐし、デスクの下からバッグを出した。

「きょうはすばらしい仕事をしてくれた」キャスリーンがワークステーションを片付けていると、ウィリアムズはいった。「このデータの結び付きを見つけたのは見事だった。ほかのだれも気付かなかった」

「ありがとうございます」キャスリーンは答えた。「でも、重労働はコンピューターが――」

そういったとたんに、電子音が鳴った。キャスリーンとウィリアムズは顔を見合わせた。キャスリーンが腰をおろして、モニターをスリープモードから目醒めさせ、ちらりと見た。

「これは興味深いわ」キャスリーンがいった。

「いい意味で？」

「わかりません」キャスリーンはいった。「ベルメホ博士の金融活動を報告するスキャンを設置したときに、彼女に関係することをすべて見つけるプログラムを追加したんです」

「ロジャーが、彼女の車について警察に報告した。所有者を見つけた警察が通達を出したのかも――」

「ちがいます」キャスリーンはさえぎった。警察の報告をコンピューターが翻訳するのを待った。「SIGINT基地の放火に関連して指名手配されていたロウルデスの用務員を、警察が逮捕しました。バスで帰宅しようとしていた基地の警衛が、その男が煙臭いのに気づいて騒ぎ出し、警察が駆け付けたようです」

「ベルメホ博士が、どう関係しているんだ？」

「博士の自宅の電話番号を書いたメモが、男のポケットから見つかった」キャスリーンは読んだ。「博士の筆跡だった」顔をあげた。「警察はベルメホ博士を連行しようとしています」

マコードに知らせなければならないと、ウィリアムズは思った。急いでオフィスに戻ろうとした。「しばらくいてもらえるかな？」肩越しにキャスリーンに頼んだ。

「ほんとうは、帰るつもりなんかなかったのよ」キャスリーンはうれしそうにひとりごとをいってから、座り直した。

33

キューバ、ハバナ
七月二日、午前零時十一分

アドンシアは車をとめて、ふるえる手で葉巻に火をつけた。マッチの炎に顔を照らされたとき、〈ブカネロ〉の缶ビールを、三本どころか一本でも飲むべきではなかったと気づいた。

でも、仲間の自由戦士の脱出を成功させたのを祝えることなどめったにない、と思った。

「革命万歳(ビバ・ラ・レボルシヨン)!」空に向かって叫んだ。葉巻を嚙みしめているので、大きな声は出ない。それでよかったと思った。ほかの元SIGINT作業員は、精神も体も年老いて、たいがい真夜中にはもう眠っている。

疲れてはいたが、おおいに満足していたアドンシアがドアの鍵をあけたときに、電話が鳴った。出ないでおこうかと思ったが、エンリクかもしれないと気づいた。さきほど別れたばかりだったので、電話してくる理由が思い当たらなかった。エンリクは安全なところへ逃れて、お礼をいいたいのかもしれない。

「もしもし」自分の声が低く、しわがれているのにびっくりした。いつもそうなのか？

「ベルメホ博士」相手がいった。「メインゲートのアレハンドロです。警官がふたり、そっちに向かっています」

その言葉をアドンシアの脳が理解するのに、一瞬の間があった。「あたしに用があるのはたしかなんだね？」

「博士を名指しして、アパートメントの場所をききました」

「そう」アドンシアはいった。それから、うなり声とも悔やんでいるともとれるような声を出した。「運転のせいだ。謝っといてくれないか？　お酒を飲むことはめったにないいんだよ。昔もそうだった。ことに昔はね。フィデルが許さない――」

「博士、警官はもうそっちへ向かってます」

「ああそう。いいわ」アドンシアは、落とすような感じで受話器を置いた。「警察なんか怖くない。警察に脅されやしない」

そばの椅子に倒れ込んだ。エンリクと話をしたときに座っていた椅子だった。葉巻が絨毯の上に落ちたので、急いで拾い、テーブルの灰皿に置いた。

「ここに来るのはロシア人だけだったのに」アドンシアはいった。「いまではキューバ人放火犯やら警官やら――」

ビールで酩酊してぼうっとしながらも、あの用務員の件だろうかと思った。アドンシアは悪態をついた。

運転のことならいいのだがと思ったとき、車のヘッドライトの光芒が二本揺れ動くのが向かいの壁の窓から見えて、急に酔いが醒めた。つづいて青いライトがひとつ近づいてきて、ブレーキのきしむ音が大きく響いた。忘れていた昔の学生時代の気持ちが蘇った。教室で政治、マルクス、エンゲルス、革命について議論し――。

ドアに激しいノックがあった。アドンシアは心の支えのために葉巻を取り、煙を吐き出しながら立ちあがった。

「ドラゴンは恐れない」葉巻をくわえたまま、呂律のまわらない口でいい、ドアのほうへ行った。

戸口の外で、年配の警官ふたりが待っていた。アドンシアは、目を下に向けた。斜めに光を投げているヘッドライトに照らされて、警官ひとりが持っていたなにかが白く光っていた。

「くそ（ラ・ミエルダ）」そのときの勢いでエンリクに渡した紙片だと知って、アドンシアはつぶやいた。

「アドンシア・ベルメホ博士ですね？」警官がきいた。

「この時間に彼女の家にいて、彼女に似ている人間が、ほかにいるかい？」

「署までいっしょに来ていただきます」無礼な言葉を聞かなかったふりをして、警官がいった。

　アドンシアの酔いがなおのこと醒めた。そういう堅苦しいいいかたをされるのに慣れていなかった。脅している感じだった。それが不愉快だった。

「なぜ？」アドンシアはきいた。

「今夜のあなたの行動についておききしたい」警官がいった。「自発的に来てもらえればありがたい」

　アドンシアはうなずいたが、相手のいう意味がわかったからなのか、行くことに同意したからなのか、釈然としないそぶりだった。

「さもなきゃ、逮捕するっていうのかい？」アドンシアはいった。

「博士、その必要がないことを、わたしたちは願っています」警官がいった。敬意を表して博士と呼び、高齢なのを配慮して物静かな態度をとっていた。アドンシアはそれを評価した。

「わかった」アドンシアはいった。両腕を脇にのばした。「結局、夜に出かける服を着てるしね。裸に近い格好で十字架にかけられてるキリストとはちがって」

警官ふたりは、それを聞いて見るからにたじろいだが、脇によけて、アドンシアを通した。

「それに、こんどはモーセが紅海を通ったときみたいに、ぱっと左右に分かれた」アドンシアは、明かりを消してドアを閉めながらいった。「あたしはみんなを自由にしたのに、いまだに自由じゃない」

自分の耳にも異質に聞こえたし、的外れな空威張りだった。警察車両のライトのなかに歩いていくと、アドンシアは急に裸で無防備になったような気がした。

「行くべきじゃない」不意に立ちどまって、アドンシアはべらべらといった。

「どうか、博士」くだんの警官が促した。

「あたしは共犯じゃない」

警官たちに腕を握られ、丁重に力強くひっぱられたので、アドンシアはついていった。途中で葉巻をなくした。何軒かのアパートメントで明かりがつくのを見て怒りが湧き起こり、つづいてすぐに屈辱を感じた。

そのとき、あわれなエンリクのことを考えて、めそめそ泣きはじめた。エンリクがばらしたのではなかった——自分の浅はかな自信過剰のせいだった——それでも、エンリクの仲間になったことがうれしかった。エンリクには重大なことをやる勇気があった。そういう男が、独りでこれに立ち向かうようなことがあってはならない。

「革命万歳(ビバ・ラ・レボルシヨン)！」アドンシアはふたたびいったが、今回は空に向けてではなく、うなだれてベストに向かってつぶやいた。

34

ヴァージニア州スプリングフィールド
フォート・ベルヴォア・ノース
オプ・センター本部
七月二日、午前一時

「おれがいないと、そんなに淋しいんですか？」

「それならいいんだが」ウィリアムズは、マコードにいった。「施設で放火犯を幇助したとして、やつらは彼女を捕らえた。おそらくきみがいるところへ連行されるだろう」

「さっき話をしたあとで、パトカーが出かけるのを見ました」マコードはいった。

「警察に戻ります。彼女がいなかったら、なにも得られない」

「賛成だ」ウィリアムズはいった。「こっちでもできることをやる」

キャスリーンに電話して、最新情報を見るように頼んでから、ウィリアムズはギーク・タンクへ行った。キャスリーンがマクディル空軍基地のファイルを呼び出しているところだった。

「ロウルデスに関係があるので、例の火災をここが調べていました」

「告発した人間の名前はわかるかな？」ウィリアムズはきいた。

キャスリーンが、警察の報告書を見た。「マウリシオ・モデスト」

「その男について、あらゆることを調べてくれ」そういってから、ウィリアムズはマコードにメールを送った。

彼女を助ける計画を練っている。実行前に話をしよう。

ウィリアムズは、キャスリーンの椅子のうしろから身を乗り出した。「時系列(タイムライン)はどうなっている？　火事からはじめて」

ベルメホ博士の二度の現金引き出しも含めて、キャスリーンがその情報を伝えた。一度目は今夜の七時三十三分だった。

「ベルメホ博士はエンリクを車に乗せて施設を出たと、モデストは主張しているようだな。博士はハバナへ行き、金をおろして、たぶんバスの切符や必要なものを買いあたえた。エンリクは家に帰れなかったはずだから。そのあと、エンリクが出発するまで時間をつぶした——バスはわかるか?」

「その情報はないけど、現金が引き出されたのは、ハバナ動物園の近くです。一一〇キロメートルほど西のバラデロ行きの路線バスの切符売り場がそこにあります。海岸沿いに停留所がいくつもあります」

「モデストは、自転車かバイクで停留所まで通っている。だからバスに乗り、エンリクを見つけた」

「自転車はキューバでもっともよく使われている交通手段です」キャスリーンがいった。「ソ連の石油供給がとまり、ベネズエラからの輸入が増えてから」

ウィリアムズは感心して、〝なるほど〟といった。

「情報を集めはじめるときには、関係するリンクをいちおう見ないといけません」キャスリーンがいった。「さて、マウリシオ・モデストでしたね。年齢二十六、それと

——ありました——自動車修理工専門学校卒、キューバ革命軍(フエルサス・アルマダス・レボルシヨナリアス)にいたときには、バイク整備兵だった。軍歴に見るべきものはなく、懲戒を二回——」

「どこでそれを見つけた?」

キャスリーンが、にやりと笑った。「警察の記録です」

「そうか。それなのになぜ、基地の警衛のような仕事に——」

「これを見てください」キャスリーンが、ソーシャルメディアの書き込みを呼び出した。

モデストのオンラインのフォトアルバムに付された文の自動翻訳を、ウィリアムズは読んだ。納得してうなずいた。

「モデストはロシア人と結婚している」ウィリアムズはいった。「イヤー・フィルソワ」

「賭(か)けてもいいけど、彼女のことを調べたら、基地のだれかの親戚(しんせき)だとわかるでしょうね」キャスリーンがいった。

「まちがいない」

ソ連以来の古い戦術だった。平凡な男と結婚して、周囲の人間の記録できない活動を寝物語で聞き出すのに都合がいいような仕事をあたえる。一部の情報機関関係者は、このいわゆる赤色結婚プログラムは、一九六一年のリー・ハーヴェイ・オズワルドとマリーナ・ニコライェヴナ・プルサコワの結婚で頂点に達したと述べている。その二年後のケネディ大統領暗殺事件で、オズワルドは犯人だとされた。ベルメホ博士にとって慰めになるとは思えなかったが、モデストがイヤーにいったことによって博士が疑われた可能性が高い。

「これはすごい情報だ」ウィリアムズはいった。「キューバ旧市街の防犯カメラにアクセスできないか――」

　コンピューターとキャスリーンの秘話携帯電話の警報が同時に鳴った。キャスリーンが帰宅していたら、データにアクセスすることはできず、事例参照番号とFPCON評価――〝正常(ノーマル)〟、〝A(アルファ)〟、〝B(ブラヴォー)〟、〝C(チャーリー)〟、〝D(デルタ)〟の五段階の戦力防備態勢(フォース・プロテクション・コンディション)（国防総省人員及びその家族、部隊、施設、重要情報を敵から護り、被害を軽減するための措置）評価しかわからなかったはずだった。

「アナドゥイリ作戦B」キャスリーンがいった。それが彼女のアナドゥイリ作戦の情報ファイルで、潜在的なリスクと脅威が注目に値する情報が発見されたことを、コンピューターが伝えてきたのだ。「異常な行動でアフガニスタン領空を出て北東へ向かい、タジキスタンにはいりつつある航空機が一機――イランの軍用機で、通常の飛行経路をはずれています」

「彼らはしじゅう違法な飛行を行なっている」ウィリアムズはいった。「これはどういうことだ？」

「アルゴリズムが見つけました」キャスリーンはいった。「航空機は航続距離が長い707です。この航空機、時間、針路が重要目的地に向かっていることを、現在のわたしたちの情報検索パラメータが示しています」ウィリアムズのほうを見あげた。

「アナドゥイリです」

35

キューバ、ハバナ
七月二日、午前一時七分

うしろでひきずっている小型スーツケースのガタガタガタという音がひと目を惹きやすいので、マコードはそれが気になってしかたがなかった――スパイは目立たないようにしないといけない。マコードは冗談半分で自分にいい聞かせた。スーツケースを持ちあげて、脇に抱えた。使いすぎの両腕とぎくしゃくする右腰にはもっとも望ましくないことだったが、疲れた目に生気が蘇る効果はあった。

通りはほとんどひと気がなかった。ハバナ中の深夜勤務の労働者は、すでに仕事場に向かっている。日勤の労働者は帰宅し、夜更けに飲んでいる連中とその相手の女性たちだけがいた。

警察本部に戻るあいだ、マコードは自分が訪れた第三世界の都市のことを思い出していた。ベイルート、マニラ、ジャカルタ、平壌。かつては初々しく、偉大になるという夢をもてあそんでいたどこの首都でも、活気のない動きがだらだらつづいている。古い建物は歴史的建造物ではなく残骸になり、使用目的を変更するために、何世紀にもわたって老朽化した構造をつぎはぎされてきた。新しい指導者が、分裂した社会に繁栄を取り戻そうとするたびに、そういうことが行なわれた。

外面と内面の両方で、そういう悲劇的な筋書きが進行した。帝国主義国家が放逐され、現地の部族、衝突する政治思想、宗教的な憎悪が、残滓を食い荒らす。そのあとにはまちがいなく、ケーブルテレビで流れるゾンビに似通っている都市が出現する。動いてはいるが、ほんとうに生きてはいないものが。

二十三年間の軍歴を通じて、マコードはなにがつねに危険であるかを知っていた。こういう場所にはいるときには、優勢を恃んではならない。巨大な恐竜が滅びゆくときに小さな哺乳類が生き延びてきたのとおなじように、齧歯類や昆虫が肉をついばもうとして隠れている。だから、マコードは警戒し、いまでは音もたてていない。街灯の光の輪、ときどき通る車のヘッドライト、まだ輝いているネオンの光を避けて、ジグザグに歩いていた。

すべて訓練と直感の賜物だった。無意識にやっているので、目の前の問題に積極的に注意を集中することができた。ベルメホ博士に会い、告発者の信用を失墜させ、留置場から博士を救い出す方法を、五分以内に編み出さなければならない。

これがイラクのラマーディーなら、部隊、武器、戦術と情報の支援、応援付きで行ける。無駄のない迅速な救出と撤退を果たすことができる。マコードが〝未入隊者〟と呼ぶ民間人と軍人との交流会では、かならずマコードの履歴について、勇敢で、特殊な情報作戦の技倆を備えていると評される。マコードは笑みを浮かべて、その誉め言葉を丁重に受け入れるが、仲間の下士官や将校は決まって訳知り顔でにやにや笑う。成功は訓練、チームワーク、情報、確実な計画によるものだと知っているからだ。〝行け〟という引き金が絞られたら、ひとりひとりは、恐怖を簡単に押し潰してしまう目的意識が原動力の機械の一部になる。

スマートフォンの地図だけが頼りの街を深夜に独りで歩き、現地の言葉もすこししかしゃべれないというのは、軍事作戦ではない。それは――。

なんだろう？　自問しながら、マコードは警察本部を観察した。反射的に目に留めた内部のようすを頭のなかで描き、目にした顔を思い出した。これをどう呼べばいいんだ？

切迫しているにもかかわらず、マコードはにやりと笑った。いや、切迫しているせいかもしれない。笑ったのは、こういう臨時の任務について話し合ったことがない妻に、一度説明しようとしたときのことを思い出したからだった。

こういうふうに臨機応変にやるのがオプ・センターだと、マコードは思った。それに伴い、たじろぐと同時に気持ちが高揚する決断のときが、かならず訪れる。マコードはそれをトーマス・ペイン（アメリカ独立は〝常識〟であると論じ、独立革命に貢献した哲学者）の秋と呼び――。

マコードの白いシャツの胸ポケットで携帯電話が低い着信音を発した。電話だった。マコードは、ウィリアムズが中途半端な表現でごまかすような電話をかけてくるとは思っていなかった。警察本部が目の前にあるのに。

「告発者は十七カ月前にロシア人と結婚した。基地の外務副部長の姪だ」前置き抜きで、ウィリアムズがいった。「銀行口座には給与にそぐわないような金額の預金がある」

収賄が蔓延しているので、キューバ政府の人間はたいがいそうだろうと、マコードは思った。しかし、エンリクを当局に売ったことで、さらに利益を得たはずだ。地元住民を多数雇うことも含めた取引をキューバがロシアと結んでいることはまちがいない。各国が世界中の大使館を通じてやっていることだ。そういう地元の人間が信頼できるとわかったときには、不穏分子を何人か密告させ、ロシア人か親ロシア派の地元住民に入れ替える。それによって秘密保全は強化されるが、目的はそれだけではない。地元経済の衰退を穴埋めするために、ロシアの投資が歓迎される。そうやって政府の反対派が取り込まれる。バティスタ政権下でマフィアはそうやってハバナを支配した。

「つまり、博士に対する陰謀だということにするんですね」マコードはいった。

「そうだ。疑いを起こすにはじゅうぶんだろうが、今夜中に博士に会う必要がある」

「わかりました」マコードがいったとき、警察本部に着いた。そこでウィリアムズの言葉を確認するためにいった。「どうしても今夜でなければ——」

「今夜でなければならない」ウィリアムズがぶっきらぼうにいった。「さまざまな要素が収束し、状況が急速に動いていることを示している。大至急、もっと情報が必要だ」

「わかりました」マコードは答えた。「あとで連絡します」親指で操作して電話を切り、警察本部の中庭に通じる傾斜した広い歩道に達した。

民間人がマコードやウィリアムズやオプ・センター幹部の多くとおなじようには理解していないことがもうひとつあると、マコードは思った。マコードがこれまでに会ったことがある警官も、たいがいそれがわかっていた。規則を離れて、その場で直感に従ってやることが、いかに難しいかを知っていた。英雄的な行動云々（うんぬん）のことではない。マコードが知っている軍人や同僚の大半は、カウボーイのように冒険を好む傾向が強かった。そうでなかったら、整備や通信などの支援部門の地位についていたはずだ。けなしているわけではない。男も女も、それぞれの天性に合っている分野がある。厄介なのは、国家が必要としていることと、官僚の支配の折り合いをつけることだ。そのため、結局、官僚がヒエラルキーの頂点を占めることになる。ミドキフ大統領がオプ・センターを再稼働したのは、官僚による支配からの逃げ道だった。オプ・センターが〝牧場〟という綽名（あだな）を献上されたのは、それが働きぶりにふさわしいからだ。

　四肢の疲れが消えて、目と耳の鋭さが増し、活気に満ち溢れたトーマス・ペインの秋（とき）が、マコードを押し包んだ。

　〝これからは、ひとびとの魂が試される時代です……〟。

36

ポーランド、ジャガン
七月二日、午前七時十五分

出発するオブザーバーに敬意を表するためのならわしだと、マイク・ヴォルナーは聞かされた。

ポーランド軍将校のひとりが、前の夜の食事のあとでヴォルナーを脇に呼び、おなじ立場の将校が一対一で白兵戦を行なうことが求められているし、それは誉れ高いことなのだと説明した。ヴォルナーはそんなことはこれっぽっちも信じなかったが、伝統に反することはできないと答えた。その提案は、NATOの将校がよくやる〝アメリカ人に恥ずかしい思いをさせる〟ゲームだというのが見え見えだった。だが、ニューヨークでの行動が知れ渡っていたし、嘘でもほんとうでも、どうでもいいとヴォルナーは思った。何日も射撃場で観測塔に立ち、〝オブザーバー〟——納得できない言葉だった——をつづけてきたあとだけに、よろこんで挑戦を受けるつもりだった。

「なにを観察するんですか？」ヴォルナーは、派遣する前に司令官に向かって、刺々(とげとげ)しくきいた。

　マーチ将軍は予定を説明したが、ヴォルナーがききたかったのは、そういうことではなかった。派遣されているあいだはＪＳＯＣの作戦を指揮できないとウィリアムズに伝えたときには、もっと率直な言葉が返ってきた。

「きみは〝観察される〟ために派遣されるんだよ、少佐。将兵だけではなく、軍の広報や国際報道機関にも観察される。とにかく、だれかべつの兵士が見出しになるまで、それに慣れるしかない」

　そこで、ヴォルナーは精いっぱい貫禄と威厳を発揮して責務を果たした。つぎは規則違反かもしれない対決で、そういったものをかなぐり捨てなければならない。朝食の前に、やつらはいったいどういうものを用意しているのか？

　じつは、それもどうでもよかった。基地でロッククライミングをやってから一週間たつし、戦闘空手(コンバット・カラテ)の稽古(けいこ)をやったのは一カ月前だった。一九七〇年代に俳優のジョニー・クールが考案した空手と膝蹴(ひざげ)りが中心のこの格闘技は、何十年も前の柔道の腰投げや、拳(こぶし)と肘を使う柔術に取って代わり、多くの基地で白兵戦の技として好まれている。敵を投げたりノックアウトしたりするのが目的ではない。敵を半殺しにするのが目的だった。

定義は総合格闘技(MMA)だった。この言葉は誤解を招く。MMAは、ヴォルナーが学んだ少林寺拳法や詠春拳(えいしゅんけん)のような鋭く優雅な型とは異なり、技巧などない。殴り、蹴り、投げ、あらゆる動きが雑多に入り混じっている。現代の世界を象徴している。だれもが闘うことをおぼえ、道義心のかけらもなくつねに闘いつづける。現代の兵士は、ヴォルナーが子供のころに読んだコミックブックの『敵の撃墜王(エネミー・エース)』に登場する第一次世界大戦の操縦士とはまったくちがう。敵機が燃えあがって錐(きり)もみしながら落ちていくときに斃(たお)れた敵に敬礼するようなことはしない。現在では、撃墜しただけのことだ。非情に、敵を殺すことのみを考えている。敗色濃厚なときには、隠し持っているナイフを抜く。ナイフでの斬(き)り合いになったら、捕らえて訊問することを考えるのは二の次だ。戦場は殺し合いの場、目的は斬り、はらわたをえぐることだ。

闘いの場はボクシングのリングで、将校十人と戦闘員ひとりが集合するとドアがロックされたことに、ヴォルナーは否応なしに気づいた。ヴォルナーの相手はマレック・ジョブロという陸軍少佐だった。ヴォルナーはここへ来た直後に、見え透いている魂胆から——怯えさせるための心理作戦だろう——〝マレック〟は〝戦好き〟を意味すると教えられた。ジョブロは身長一七八センチのヴォルナーよりも一〇センチ以上背が高く、体重も一四キロほど重そうだった。太腿は熱い胸板と変わりがない太さだったし、両腕も野獣なみにたくましかった。

ふたりはトランクスとそれぞれの好みの運動用の靴をはいていた。ヘッドギアの詰め物はあまりじゅうぶんではなかった。歯を護るマウスピースもない。赤いスパーリンググローブは、甲を覆っているだけで、掌は無防備だった。ふたりはコーナーのセコンドなしで、リングにあがった。〝審判〟はゴングを鳴らしただけで、そのあとは観客になった。ラウンドはないと、ヴォルナーはいわれていた。

「どちらかが勝負ありだといったら、ファイトは終わりだ」英語が話せる三人のうちのひとりが説明してから、予測のようにつけくわえた。「それとも、どちらかがそういえなくなったら」

ふたりはリング中央で向き合い、伝統にしたがって拳を軽く打ちあわせてから、数歩下がった。リングマットが沈みやすく、ロープがかなりゆるく張られていた。どちらも体を支えるのに使えないと、ヴォルナーは気づいた。ゴングが鳴ったが、うつろな鈍い音で、ネジまわしを使うぐらいでは直せないほど古びているのだとわかった。

NATO誕生後に作られた部品がそのリングにあるとは、とうてい思えなかった。

コンバット・カラテの精髄は、できるだけまっすぐに前進して、それによって最大の攻撃力を発揮することにある。ジョブロの腹筋がみごとに割れているのを見て、ヴォルナーはそこを攻めないことにした。ジョブロがすでに防御的な呼吸をしていることに、ヴォルナーは気づいた。舌を硬口蓋（こうこうがい）につけて、呼吸を制御している。そうすると過換気症候群を避けられ、すばやく勢いよく息を吐くことで、もとから無敵の腹部を強化できる。両腕をジョブロはキックボクサーの構えにしていた。前腕を平行に持ちあげ、拳が顔の前に、肘が腹のすぐ上にある。下調べをして、ヴォルナーがどういう訓練を行なっているかを知っているのだ。〝まっすぐ前方〟はすべて防御されていた。

ジョブロのその姿勢は、攻撃にも有利だった。左右のどちらからでもジャブを繰り出して、文字どおり瞬（また）く間にもとの防御姿勢に戻れる。最初のその体勢から、ジョブロは明らかに訓練してきたとおりにやっているように見えた。敵がまばたきするのを待ち、太い腕をピストンのように前後させるつもりなのだ。

だが、ヴォルナーは、そういう序盤戦にならないことを期待し、ただ相手のグローブが届かない距離を保っていた。ジョブロがべつのやりかたで先に手を出すように仕向けるつもりだった。

ジョブロには二カ所だけ隙があった。ジョブロがゆっくりと、用心深く、自分より小柄な敵をあなどらないようにしながら前進するあいだ、ヴォルナーはずっとそこを見ていた。恐れているわけではなく戦術で後退し、相手の歩きかたを観察した。体が大きく、カンバスのリングマットがたるんでいるせいで、ジョブロは足の裏全体に体重をかけていた。蹴ろうとするときには、体重が逆の脚にかかるので、すぐにわかるはずだった。そちらの太腿の筋肉に力がはいり、上半身がおなじ側に傾く。それらすべてに一秒しかかからないが、それだけあればヴォルナーは反応できる。

闘いの前にヴォルナーはジョブロを観察して、右利きだと知った。蹴りもおそらく右からだろう。ヴォルナーは、片脚をうしろに引いて、反時計回りにジョブロの周囲をめぐっていた。右からの蹴りをよけるには、逆にまわりたかった。見え透いた手は使わず……ただ相手が先に攻撃するように——。

ヴォルナーが予想していたとおりの蹴りが襲ってきた。ヴォルナーの左腰めがけて強力なまわし蹴りが、気合とともにくり出された。敵を怯えさせるとともに、エネルギーをふりしぼるための叫び声だった。ジョブロは蹴るだけではなく、完璧(かんぺき)に体をまわしたので、そのまわし蹴りは予想以上に速かった。ヴォルナーは右に跳びのいたが、ジョブロの足が腰に当たり、右によろけた。体勢を立て直すときにかがまなかったら、強力な左ジャブを顔にまともに食らっていたはずだった——蹴りはかすめた程度だったのに、そのために顔がジャブの射程距離にはいっていた。

腰を曲げて最初の攻撃を受け流したヴォルナーは、ずっと目を付けていたターゲットをふたたび捕捉(ほそく)した。ジャブがはずれてジョブロがバランスを崩しているあいだに、すばやく動かなければならない。

ジョブロの無防備な左脇が、一瞬、ヴォルナーのほうを向いた。腹とはちがって、筋肉に護られてはいない。皮膚の下の肋骨(ろっこつ)が、くっきりと見えていた。ヴォルナーは、グローブの詰め物がある甲で撃つのではなく、指をひらいて、右腕を大鎌(おおがま)のようにふるった。ジョブロの腋(わき)の下と腰のあいだに、その手刀が命中した。ジョブロが鋭く息を吸い、左側に体を折った。ジョブロが一瞬、気を取られているあいだに、ヴォルナーは前進して左のアッパーカットを繰り出した。拳が文字どおりリングマットからジョブロの顎に向けて真上に突き出された。そういう攻撃のとき、戦士はターゲットではなくもっと上を狙(ねら)う——今回は、ジムの天井を狙った。グローブをはめた拳が大きなドスッという音とともに命中し、一瞬息がとまった相手が直立してから、うしろによろけた。

ジョブロの両腕がぐらぐら揺れ、首が左右に動いた。完璧に割れた肚に弾丸のような膝蹴りが飛んでくるのを、ジョブロは見なかった。だが、リングマットにぶつかったあとで、ヴォルナーが立ちはだかっているのは見えた。

ジョブロはにっこり笑って見あげた。「よくやった」脇の痛みに顔をしかめながら、息を吐いていった。「おれたち――勝負ありだな」

ヴォルナーはグローブをはずしたが、手は貸さなかった。ふたりがかりでないと、大男のジョブロを立たせることはできないし、医務室に運ぶ前に包帯を巻く必要があるだろう。呼吸に雑音が混じっていることからして、一本か二本、肋骨が折れているにちがいない。

ヨーロッパ人の将校数人が、親指を立てた。オッズの大きい賭けに勝って、これから金を集めるところにちがいない。

ロッカールームに戻ると、チェイス・ウィリアムズからの連絡を一度聞き逃していることに、ヴォルナーは気づいた。木のベンチに腰かけると、蹴られた腰が痛いことがわかった。ヴォルナーは折り返しの電話をかけた。

「すみません。席をはずせなくて」ヴォルナーはいった。時刻を見た。「そっちは午前二時近いですね。なにか起きましたか？」

「そのようだ」ウィリアムズはいった。「正午に出発してくれ」

「Ｃ‐１３０？　おれとミサイル防衛庁が貸し出した試作型の兵器だけのために大型輸送機を飛ばすんですか？」

「警護がやりたいわけではないだろう？」

「ええ」

ＮＡＴＯに試作型を貸し出すときには、警護の将校が付けられる場合が多い。近くで写真撮影されるのを防ぐためだが、ウィリアムズはそのことをいっていた。

「出発予定時刻（ＥＴＤ）まで、あと何時間かある」ウィリアムズがうわの空でいった。「ベーリング海のロシア側で緊急事態が起きている。危険な当事者の小規模な会合のようだ」

電話ではそれ以上の説明はないはずだと、ヴォルナーにはわかっていた。「そちらからの連絡を待ちます。それまでに、その地域のことを調べます。ＪＳＯＣはどうしますか？」

「待機させてくれ」ウィリアムズはいった。

「それほど危険ですか？」ヴォルナーはきいた。

「その可能性が高い」ウィリアムズは答えた。

口にすることができない前兆をはらんで、その言葉が宙に浮かんでいた。ヴォルナーは電話を切り、数十年にわたる男の体臭がしみついた部屋でじっと座っていた。自分の人生の長い期間のことを思い出させた。高校のトラック競技、新兵訓練の兵舎、ジム、受令室のとなりの更衣室。快適とはいいがたいが、不思議と安らげる場所だった。軍隊にはいったときに、牧師がいったことを思い出した。〝世界のどこでもいいから、教会に行けば、安らぎますよ〟。

「教会の代わりにロッカールームか」ヴォルナーはくすくす笑い、トランクスを脱いで、棚からタオルを取り、シャワーを浴びにいった。

カランをひねって熱い飛沫(しぶき)を出しながら、一年間、三百六十五日すべてが氷点下の場所のロッカールームはどんなふうだろうと思わずにはいられなかった。

37

キューバ、ハバナ
国家革命警察本部
七月二日、午前一時二十三分

警察本部にふたたびはいったときにどうしてその言葉が頭に浮かんだのか、ロジャー・マコードにはわからなかった。〝いまこそすべての善良なひとびとが集団を援(たす)けるときである〟（もともとはタイプライターの試験や練習に使われていたセンテンス）。すばらしい真剣なチーム作りの表現だとマコードはつねづね思っていて、指揮官だったときにしばしば使った。十年ほど前に、タイプライターの練習用にだれかがこしらえた文だと知った――それ以上の意味はない。

とはいえ、その言葉がそういう心情を伝えているのは事実だし、それが頭に浮かんだのは、アドンシア・ベルメホの車に軽くぶつけられたという作り話をなんとか否定して、彼女を救い出さなければならないからだろう。ベルメホ博士のためだけではなく、もっと大きな利益のため、情報を得て、ロシアの北極圏で起きている何事かを阻止するために。

警察本部は、十九世紀にスペインがそこに建設したサンテルモ小要塞の跡地に、古い要塞の様式を踏襲して一九三九年に建てられた。大広間には高いアーチ型天井があり、数多くのベンチがあった。混雑している時間帯には、足音が反響してたえずうつろな低い音が聞こえているにちがいない。大広間に通じている廊下は一本だけで、奥のデスクの反対側にあった。駐車場に出るドアもある。うしろはマコードがはいってきた斜路だった。地元住民はいまもカストロをたいへん尊敬しているが、無数の政治犯があの通路をひきずられていって、おそらく二度と戻ってこなかったことを、マコードは思わずにはいられなかった。

マコードが先刻目にしたような酔っ払いや喧嘩を起こした連中は、もういなくなっていた。出勤してきたひとびとが何人かいるだけだった。警備隊と呼ばれるボランティアの一般市民が、以前は女性が、いまは観光客が安全なように、街を巡回している。マコードはたまたま数週間前に、彼らは無給なので、金を払えば情報を提供してくれるかもしれないという話を聞いた。信頼できる情報提供者は、マコードにとっていまも世界中で情報収集源として役立っている。

高い木のデスクがあり、そこに置かれたコンピューターのモニターの向こうに、がっしりした体格のカルリトス・ガルシア巡査部長が座っていた。白いマグカップの縁からティーボールの鎖が垂れていた。マコードは、どういう話をするか、おおまかに練りあげていた。詳しい話をするのを避けるのが秘訣だった。エンリク、ベルメホ博士を告発した警衛、ベルメホ博士が連行されたいきさつなどは、まったく知らないことにしなければならない。

「なにか忘れ物でも？」ガルシア巡査部長が、おおげさに親身なふうを装ってきいた。優遇されている観光客が困っているときには、どこでも地元住民がそういう態度をとるのを、マコードはさんざん目にしてきた。

「ちょっと考えていたんだが……というより、思い出そうとしているんだが」マコードは思案に暮れているような表情で切り出した。多少は演技だったが、スペイン語で話をするのに苦労していたからでもあった。「運転していたひとは……かなり肌の色が濃かったかもしれない。それに気づいたのは……彼女が街灯の下を通ったときで」

巡査部長が、好奇心をあらわにした。「そんな重要なことを忘れてたんですか？」

「巡査部長、気づいただろうが……おれはあのとき、ぐあいが悪かった」マコードはいった。「でも、頭のなかで再生して……思い出すと」

「影になっていたのかもしれない」

「ああ……ありうる」マコードは認めた。「でも、話したほうがいいと思ったんだ」

「あなたがなにを見たか、見たと思ったにせよ、その女性の身柄は拘束しました」

「そうか？　こんなに早く？」

二重顎の巡査部長がうなずいた。「あなたが特徴をいった車が、近くで見つかったんです」

「たいしたものだな」マコードは黙って立ち、相手の言葉を待った。

「ほかになにかありますか？」ガルシア巡査部長がきいた。

「おれが面通しでたしかめたほうがいいんじゃないか？　念のために」

「この事件は、わたしたちが掌握しています」ガルシア巡査部長が断言した。「彼女はほかの件でも手配されていたので」

「なるほど」マコードは訳知り顔でうなずいた。帰るように見せかけながらつぶやいた。「彼女がどなりつけていた若者のことだな」

ガルシアが本気で興味を示した。「ちょっと待って！」

マコードがふりむくと、ガルシアがモニターをまわしてどかしながら身を乗り出した。「どの若者ですか?」

「あれは……考えさせてくれ。おれは……よく見ていたわけではないので。彼女は……その男のことを売国奴とかいっていた。ロシア女と結婚して。いや、ちがう」自分のいったことを訂正し、真剣に考え、その瞬間を再現しようとしているふりをした。「彼女はその若者が……エル・エスピア(スパイ)だといったのだと思う。それで気をとられて、おれに車をぶつけたんだろう。かなり怒っていた」

ガルシアがマコードに、そこにいるようにと手ぶりで示し、うしろの壁に取り付けてあった固定電話の受話器を取った。切迫した口調で、あらたな展開かもしれないというようなことをいった。

「あとで供述書を取りますよ」受話器を手でふさいで、ガルシアがマコードにいった。「でも、その若者の特徴を簡単に説明してもらえますか?」

ウィリアムズは身体的特徴をなにも教えなかった。だが、どのみち詳しいことをいうわけにはいかない。おおざっぱにいうだけでじゅうぶんなはずだった。

「よく見なかったんだが、警衛なんてろくでなしでもつとまるとかいうようなことを彼女がいうのが聞こえた」マコードは答えた。「しかし、彼女は……酔っぱらって、なにか侮辱したかっただけかもしれない」

「真実を含んだ侮辱」ガルシアが意見をいった。

電話に戻り、マコードの話を伝えた。それから、マウリシオ・モデストを連れてくるよう命じた。

先方の話を聞いてから、ガルシアがいった。「彼の供述は嘘かもしれない！　博士の電話番号のメモ？　昔の話ができるように、博士が教えてくれたと、サンフリアンはいった。それが事実ではないと、どうしていい切れるんだ？」しばらく黙っていた。「だれを信じればいいのかわからないが、マウリシオをこっちへ連れてこい。このひとに面通ししてもらう！」

ガルシア巡査部長が電話を切り、マコードのほうをふりかえった。「手間をとらせて申しわけないが、これを解決するのを手伝ってもらえればありがたい。この女性、ベルメホ博士は——カストロ兄弟とともに戦ったんだ。愛国者（エル・パトリオタ）の名誉を汚さないように念を入れたい」

ベルメホ博士と知り合ったことが急に誇らしくなったような口調だった。博士を留置場に入れたのはまずかったと思いはじめたようだった。

マコードは、デスクから離れて耳を澄ました。まもなく、重い足音が闇から聞こえた。興奮しているような早口の低い声を、その足音がかき消していた。

「……おれになんの用が？」男の声だった。「自発的に来たんだぞ。食事もとってない。帰らせてくれ！」

マコードが見たこともないのに見たといった男が、警官ふたりの見張りつきで大広間にはいってきた。上着のボタンはかけたままだった。軍服のたぐいは街でかなり敬意を表される。警官たちはその男の腕をつかんではいなかったが、すぐうしろの左右にいた。その若者は、観閲式で行進しているかのように両腕を大きくふり、いらだたしげに大股（おおまた）で歩いていた。

警官のひとりが、デスクへ行くよう指示した。若者はすでにその方角へ向かい、ベンチのあいだの通路を進んでいた。

「もう質問はやめて、家に送っていってくれ」大広間を半分くらい進んだところで、若者がガルシアに向けていった。「もう供述書にサインしたじゃないか」

ガルシアがボールペンを持ち、先端でデスクを叩いた。その音もよく響いた。若者が近くに来てから、ガルシアは返事をした。

「あなたの話は聞いた」ガルシアは丁重にいった。「しかし、まちがいないだろうね？」

「いったいなんの話だ?」マウリシオ・モデストが、険しい顔で近づきながら、語気鋭くいった。マコードに気づいたふうはなかった。

「あなたと博士が〈セントロ59〉というバーの前で今夜、口論していたという報告があったんですよ」ガルシアはいった。

モデストがまくしたてた。「なんだと? なんだと? おれは今夜そこの近くには行ってない!」

ガルシアが、もっと近くへ来るよう手招きした。モデストがデスクに近づいた。ガルシアが、すこし身を乗り出した。「アルコールのにおいがする。おれは鼻がいいんだ」座り直した。「どこで酒を飲んだんですか?」

「〈エル・ミステリオソ・エストラニョ〉だ。いつもそこへ行く」

ガルシアは肩をすくめた。「通りのおなじ側で二軒目ですな」

「でも、おれは彼女と話をしていない――会ってもいない!」

ガルシアは、マコードのほうをボールペンで指差した。「この紳士の話では、そうではなかった」

モデストが一歩進んだが、警官に腕をつかまれた。「この〝紳士〟は嘘つきだ! だいたい何者だ? アメリカ人か?」

「だれだろうと関係ない。重要なのは、このかたがキューバの事情とは無関係だということだ」ガルシアは、マコードに目を向けた。「そうですね、セニョール？」

「おれはスカルを漕ぎにきただけだ。なにも……」マコードは適切なスペイン語を思いつこうとしたが、思いつかなかった。「……あなたがたの国の揉め事とは無関係ですよ」

ガルシアがうなずいた。「あとで確認します」モデストに視線を戻し、腕をつかんでいる警官のほうへボールペンを突き出した。「エルネストが家まで送りますよ。マルコ――ベルメホ博士をここへ連れて来てくれ」

博士と口論などしていないといい張りながら、モデストは駐車場へ連れていかれた。もうひとりの警官が、アドンシア・ベルメホ博士を連れてくるために奥へ行った。数分後に、ジーンズと灰色のフリースのベストを着た女性とともに戻ってきた。灰白色の髪を黒い紐でうしろにまとめていた。水晶を思わせる髪だとマコードは思った。天井から吊るされている明かりが、通路に長い影をいくつも落としていた。アドンシア・ベルメホ博士は、彼女を生んだ時代とおなじように不撓不屈に見えた。博士が姿を現わしたときにはいなくなっていたモデストとは、まったくちがう――その目が全員を観察していた。明らかに場違いなマコードをしばし眺めた。デスクに近づきながら、アドンシアが視線を戻した。付き添いの警官は礼儀正しく離れていたが、ガルシアがシーッといって追い払った。

「博士」ガルシア巡査部長が、立ちあがり、デスクの奥から出てきて、気遣うようにいった。「あの警衛の話はどうもつじつまが合わないようです——とにかく、供述に疑問があるということがわかりました」

アドンシアが驚いたとしても、抜け目なく顔には出さなかった。

ガルシアが、マコードのほうを手で示した。「このかた、セニョール・マコードが、通りでのやりとりを見ていて、セニョール・モデストに問題を大げさにいい立てる動機があったことを教えてくれました」

「エンリク・サンフリアンのこと?」ベストから葉巻を出し、火をつけずに五本の指で軽く握りながら、アドンシアがいった。

「この状況はもうすこし捜査しますが、ここにいてもらう必要はありません。でも」マコードをちらりと見てから、ガルシアはアドンシアに視線を戻した。「運転にはもっと注意していただきたいですね」

「車は基地にあるんだから、運転なんかできやしない」アドンシアはいった。「葉巻に火もつけられない。マッチを取りあげられたからね。このろくでもない場所といっしょに仲間のキューバ人を焼いちまうとでも思ったのかね」

ガルシアがマッチを取ってこさせて、新しいブックマッチをアドンシアに渡した。

「送りますよ、博士」

「警察の車なんか嫌だね」アドンシアがいい返した。マコードのほうを見た。「あんた、車はある？」

「たいへん信頼できるタクシー運転手の名前を知っていますよ」マコードは答えた。

「ここで大衆と交流する人たちはほとんど、信頼できるのよ」警察への嫌味もこめて、アドンシアがいった。自分の国の労働者階級の男女を誇りに思っていることを、その言葉が反映していた。マコードはそれを察して、もっと繊細ないいまわしで表現すべきだった。

ふたりはいっしょに警察本部を出た。マコードは、見送ってくれたガルシアに礼をいった。

アドンシア・ベルメホ博士が酔っぱらっていることを、マコードは知った。息と歩きかたでわかった。彼女が事情をすべて認識しているとはかぎらない。嘘の翼に乗って警察本部から逃げ出したことに気づいてはいないだろう。マコードは、駆け出したいというおなじみの衝動にかられ、それを抑えつけた。ベルメホ博士から情報を聞き出すのに、どれほど時間の余裕があるのかわからないが。ひとつだけわかっていることがあった。

できるだけ早くやらなければならない。

38

ロシア、アナドゥイリ
前哨基地N64
七月二日、午後六時三十分

風はなく、海のにおいも、物音も、陽光もなかった。それに、最初のころの希望が持てるやりとりを除けば、ユーリーとの会話もいっさいなかった。

ひとつには、報告したあとでユーリーが休息したからだった。長く疲れるフライトだったし、ユーリーはホテルでも休まなかった。ボリシャコフはぐっすり眠った。ふたりは、施設内にある四人用の寝棚をひとり分ずつ使った。毛布はたたんで上の棚に置いてあった。すべて乾いていて、傷んでいなかった。

ボリシャコフが、先に目を醒ました。安らかに眠れた——昔もそうだった——核弾頭二発のすぐそばで。スイッチがはいっている制御盤一カ所の照明がついているだけで、ほとんど真っ暗闇だった。時間が折りたたまれ、一九六三年に戻ったような心地だった。におい、不気味な静けさ、人間の活動がないことが、すべてを鮮やかに蘇らせた。ちがうのは、換気扇がまわらず、その音が聞こえないことだけだった。羽根と格子をはずして、空気がはいりやすいようにしたが、それでも以前よりずっと息苦しかった。梯子を昇って換気扇のところまで行くと、五感の強烈な記憶が戻ってきた。作業を終えたとき、手に汗と鉄のにおいが付いていた。

しかし、〝当時〟と〝いま〟には、大きなちがいがある。いまボリシャコフは、母なるロシアのためにここにいるのではない。核兵器はイランのために〝無事に確保された〟のだ。

それをはじめて聞いたとき、おれには関係ないと、ボリシャコフは自分にいい聞かせた。ユーリーのためにここに来たのだ。いや、どんな理由でも来ていただろう。だが、じっくり考えるうちに、そう単純に割り切ることはできないと気づいた。ユーリーは、ヴァルヴァラが殺されたのは父親の稼業が原因だと、何十年も非難しつづけていた。それなのに、GRUの諜報員として、もっと危険な顧客のために、核兵器の密売に手を染めている。

どうやって父親を裁くことと自分の行動の折り合いをつけるのだろう、ボリシャコフは疑問に思った。

ボリシャコフは立ちあがった。換気扇にそっとかき混ぜられていたここは、以前もつねに暖かかった。制御盤のほうへ行き、食糧と水がはいっている旅行用バッグから、スナックバーを選り出し……。

荷物のすくない旅行はこうなると思いながら、包装を剝がした。栄養失調。眠っている息子のほうをふりかえった。ユーリーの偽善については考えないことにした。それから、弾頭を見た。自分はああいうものには目もくれずにここまで生き延びてきた。もしも若いころから八十代までこの稼業をずっとやっていたら、どんな恐ろしい兵器にも慣れ切ってしまっただろうか？

考えにふけりながら、制御盤のほうを向いた。破壊スイッチはない。給料の安い兵士が賄賂をもらってミサイルを使用不能にすることを、クレムリンは恐れたのだろう。

「そこから離れろ」

ボリシャコフはふりむいた。ユーリーが寝棚のそばに立ち、九×一八ミリ弾を使用するマカロフ・セミオートマティック・ピストルを、腰だめにしていた。ボリシャコフに狙いをつけている。ボリシャコフは体の向きを変えて、ユーリーと向き合った。

「なにも壊すことはできない」ボリシャコフは、落ち着いた声でユーリーをなだめようとした。「しかし、撃ちたいのなら、どうぞ撃ってくれ」かすかな笑みを浮かべた。

「それがふさわしい。おれがここで携帯していたのとおなじ銃だ」

「撃ちたい」ユーリーが進み出ていった。「ほんとうに撃ちたい。わめきたい。この憎しみを打ち捨てられるのなら、なんでもやる」

「両方やればいい。簡単だ」

「だめだ。なんの役にも立たない。あんたがこしらえたこの腐った筋書きに父親殺しが付け足されるだけだ。だから、そこから離れ、近づかないようにしろ」

ボリシャコフは、いわれたとおりにした。アメリカ軍の侵攻に備えて、ここで他の将校や水兵とナイフを使った戦闘訓練をやったことがあった。いまその手には、スナックバーが握られている。腐った筋書きどころか、現実離れし、滑稽だった。

ユーリーが、拳銃の銃口を下げた。

「ほんとうにこの弾頭をイランに渡すつもりなのか?」ボリシャコフはきいた。

「そう命令されている」

「単純な命令、明瞭な計画の一部」ボリシャコフは、考え込みながらいった。「イランに売れば、莫大な金がはいる。アメリカはイランの宗教指導者たちへの圧力を強めざるをえなくなり、イランはわれわれからさらに兵器を買おうとする。将軍たちは賄賂をもらい、兵器を売るのはもうかる商売になる。そして、おまえ、ユーリーは、おれがやっていた商売をさらに大規模にした商売の共謀者になる。ちがいはおまえの相手が外国で、政府の許可を得ていることだ。道義的にましなわけではない……大量破壊兵器の威力を思えば、むしろ最悪だ」

「われわれはロシアを護るために同盟を結んでいる。あんたが売った武器は、ロシア人を殺すのに使われた。道義なんかなかった。あんたは一度だけ——あんたの今後の働きしだいだが——クレムリンの目の前で名誉を挽回するかすかなチャンスをあたえられたんだ」

「お前の目の前でも?」

ユーリーは、岩に変わったかのように冷たく、身じろぎもしなかった。

銃口はまだ下を向いていたが、ユーリーの顔がゆがみはじめた——あまりにも緩慢な変化だったので、ボリシャコフには、粘土が熱い陽射しのもとで溶けているように見えた。そのとき、ユーリーが悲鳴をあげた。甲高い叫び声が、大人の男ではなく、少年のようだった。ボリシャコフは駆け寄りたかったが、そのまま立っていた。きつく握りしめたスナックバーが砕けた。

悲鳴がやむと、ユーリーが息をはずませ、目を瞠って、父親に跳びかかりそうに見えた――だが、通風管から聞こえた物音が、ふたりの動きを凍り付かせた。ふたりとも瞬時に過去から解き放たれ、現在に戻って、注意を集中した。

バンだと、ボリシャコフは気づいた。だれかが見つけたにちがいない。声がくぐもっていて、なにをいっているのか聞き分けられなかった。上に男がふたりいることだけがわかった。

ユーリーが、大人から少年になったときとおなじ速さで、べつのもの――野獣のようななにかに変わった。厚いコートを取り、ハッチへ向かった。

「おれを出して、あとで入れてくれ」ユーリーが、小声で父親に命じた。

「ユーリー、よく考えて――」

「なにをだ？　任務か？　これで終わりか？　愛国者として復帰したくないのか？」

「いいか、こいつらを追い払ったら、べつのやつらが来る。殺せば、べつのやつらが来る。おまえがバンを動かせないようにしたから、やつらはバンを動かせない。それに、だれかが車に戻ってくると、やつらは思っているだろう」

「おれを出してくれ。あとで入れてくれ」

「いいか、こんなふうに出ていくのはまずい。警察だったら――」

ユーリーがハッチのところへ行ってあけた。うしろのボリシャコフを睨み、コートのボタンを留めながら、拳銃を右ポケットに入れた。「いまだ」

ボリシャコフは、任務などどうでもよかった。ユーリーのことだけを考えていた。ユーリーがやろうとしていることには賛成できなかったが、親の権威をふりかざしている場合ではなかった。どのみち、ボリシャコフはそういう権威を失っていた。罪悪感と息子への愛情から、父親として応援する気持ちになっていた。どちらの感情もまちがっていることは知っていた。ほかに方法がある。

ボリシャコフは縦穴にはいり、ユーリーの腕を軽くつかんだ。ユーリーが、なにかを殴りつけたいような顔をした。

「ユーリー、もっといい考えがある」ボリシャコフは、小声でいった。

そして、何十年も前にメルカーソフ提督から教わった、敵を陥れる手口を説明した。

39

キューバ、ハバナ
七月二日、午前一時三十二分

「あんたは何者で、どうしてあそこで嘘ばかりいったんだい?」

警察本部を出たとたんに、アドンシアがマコードのあいているほうの腕をつかんだ。体を支えるためなのか、逃げないようにするためなのか、マコードにはわからなかった。それに、英語でその質問をした。アメリカ人と話をしているからなのか、それとも通りすがりの人間になにを話しているのかを知られないためなのだろうかと、マコードは思った。

答を考える時間を稼ぐために、マコードは反対の腕でスーツケースを抱えた。相手が怯えて黙り込むようなことは避けたい。甘言を弄(ろう)したくもなかった。そういう言葉を聞きたがっているようには見えないし、それに釣られることもなさそうだった。

「おれはロジャー・マコード」マコードはいった。「嘘をついてキューバに入国した。知り合いといっしょに、ここでスカルを漕ぐという口実で。その方針を変える理由は見当たらない」

アドンシアが一瞬黙り、破裂音のような笑い声を発した。「フン！　正直な嘘つきだね！」

「あそこにたまたまいたのではない」マコードは用心深くそういった。警察本部がひきつづき調査するはずだということはわかっていた。

「だろうね」アドンシアがいった。「見え透いてる」

「あなたの友人のサンフリアンを助けたい」

「知り合いかね？」

「会ったこともない」マコードは正直にいった。

「どうして助けたいのさ？」

「よくわからない」マコードはいった。「でも、なにかしらできると思う」

「なるほど。マコードさん、彼とおなじように、ロシア人にここにいてほしくないんだね」アドンシアはいった。「動機はちがっても」

「そのとおり」マコードはいった。

アドンシアが、マコードの腕をぎゅっと握って、すこし好意を示した。「あそこであたしにやってくれたことには感謝するけど、支配者をべつの支配者に変えることには興味がないね。ロシアの徴集兵は――女と酒が目当てでここに来てる。あたしが知ってたアメリカ人どもは、お金と軍隊を駐留させるために来た。あんたはなんのために来たのかね？」

「手を貸してほしい」マコードはいった。「ひとつの言葉について」

アドンシアが、はじめてマコードの顔を見た。「言葉？　どんな言葉？」

「アナドゥイリ」マコードは答えた。

アドンシアが、歩くのをやめた。マコードのホテルが見える場所に来ていた。「どうやってそれを聞いたんだい？」

「何人もの――旅行計画からその言葉が浮上した」マコードはいった。「キューバ人ではなく、ロシア人やほかの国の人間だ」

アドンシアが、それについて考え、また歩きはじめた。あいかわらずマコードの腕につかまっていた。

「考えてみれば、おかしな偶然が重なったよ」アドンシアはいった。

「なにが？」

「きょうはこれで二度も、頼まれてもいないのに、よけいなことにくちばしをつっこんでるわけだからね」アドンシアは答えた。「八十三歳の頑固ばあさんには、荷が重いよ」

「最初はキューバ人だった」マコードはいった。「だからすぐに手を貸した」

「あたりまえだろう」

「無理をいってすまない」マコードはいった。「ほんとうに」

「でも、正当な理由があるから、渋々頼んでるわけだね」火をつけていない葉巻をおげさに掲げながら、アドンシアはいった。

「ベルメホ博士、そんな理由はないし、心配することはないといってくれれば、退散しますよ」マコードはいった。

アドンシアが、腕をおろした。「あたしはほとんど一生、〝心配〟の影のなかでずっと生きてきたのさ。食べ物が足りない、弾薬が足りない、悪い連中が弾薬をたっぷり持っている、アメリカ帝国主義者、ソ連帝国主義者、自分の身の安全……どうしてあんたの問題を引き受けなきゃならないんだ、ミスター・マコード？　あんたがあたしの問題を引き受けたのは、あたしが必要だからだろう？」

「そのとおり。でも、自分ひとりのためではない」

「だろうね」答を考えながらそういった。「あんたは——自分の国の政府のためにやったんだね？　あたしの島の端っこをいまだに占領している、あんたたちの軍のため？　それともその両方？」

マコードは、アドンシアの論点について議論するつもりはなかった。的外れだし、時間がない。

「ベルメホ博士、過去や未来について、おれは答えられない。現在、直面している危機にしか関心はない」

「それじゃ、利他主義者なのかね？」

雲をつかむような会話だと、マコードは思った。帝国主義者と話をしているのか、酔っ払いと話をしているのか、それとも頑固な年寄りと話をしているのか。暗中を模索しているような時間はなかった。

「ちがう」マコードはきっぱりといった。「おれが何者であるかいおう。退役海兵隊員。ファルージャでは中隊長、ラマーディーでは大隊長だった。二度負傷し、二度目は脚の負傷で、戦闘には参加できなくなった。病院の周囲の患者？　もっとひどい怪我を負っていた。たいがいそうだった。あなたも戦歴でそういうのを見てきたはずだ」

アドンシアが黙って聞いていた。思い出していた。

「二度目は何カ月もベッドに寝ていたので、『イワン・デニソヴィッチの一日』を読もうと思った。なぜかわかるでしょう」

「ソルジェニツィンは艱難を味わった兵士だった」アドンシアが、そっと答えた。

「それに政治犯だった」マコードはいった。「ロシア人だということは、おれには関係なかった。ボリス・パステルナークの場合もおなじだ。アーネスト・ヘミングウェイがアメリカ人でも関係ない。『イワン・デニソヴィッチの一日』は、愛国者だがナショナリストではない男が書いた小説だ。それに意味があるかどうかはべつとして。彼の祖国は祖国のままだったが、視野はもっと大きくなった」マコードは、心の底から笑った。「おれはソルジェニツィンではない、ベルメホ博士。それほど冷めた見かたはできない。いまのところは。しかし、どこであろうと、いつであろうと、ひとの命を救うことができるのなら、おれはそれをやる。あなたが手を貸してくれなくても、あなたに頼まれれば、あそこに戻って、エンリク・サンフリアンが自由の身になれるよう手伝う。おれはべつの作家、マーク・トゥエインの言葉も信じている。〝正しいことをやりなさい〟と彼は書いている」

「なにが〝正しい〟かを知ることは、とても大事だよ」アドンシアは静かにいった。肩の力が抜けたことが、無言で大きな信頼を示していた。「あたしはまだ捜している。だけど、そうだね。命はいちばん大切だ。それを護れなかったら、お話にならない」捉(とら)えがたい理想をずっと見つめていたアドンシアの目が、マコードに向けられた。「じつはあたしも気になっていたんだ。どうしても知りたければいうけど」

「なにが?」

「あんたがきいたことだよ。あんたが正しいのかもしれない」言葉を切り、尻ポケットからマッチを出して、葉巻に火をつけた。

マコードは、そのあいだにアドンシアの顔を記憶にとどめようとした。キューバ人ではなく人道主義者の顔。マコードとはちがって、心の底の秘密を明かそうとしていた。

「遠い昔の話だよ」アドンシアが、煙を吐きながらいった。「ミサイルはすべてキューバに送られたのではなかった。その弾頭は回収されなかった」

「アナドゥイリ」マコードはいった。恐れていたことが現実になった。

「アナドゥイリ」アドンシアがくりかえした。

40

ロシア、アナドゥイリ
前哨基地N64
七月二日、午後六時三十六分

ハッチから出てきたのは、大量破壊兵器ではなかった。コンスタンティン・ボリシャコフだった。気温が下がったのをボリシャコフはすぐさま顔で感じ、冷気が胸へおりていくのがわかった。夜の太陽は暖めてくれず、ハッチから出ると両腕がふるえた。

「やあ」ボリシャコフはいった。パリパリと音をたてて割れそうな寒気を、その声が貫いた。

ふたりの男が、ボリシャコフとユーリーが乗ってきた四輪駆動車の前部の左右に立っていた。ひとりは長身、ひとりは小柄で、ふたりともフード付きの厚手のパーカーを着ていた。ドアがこじあけられていた。

どちらも挨拶を返さなかった。ボルシャコフは、急な動きをしないように気をつけて、地上にあがった。ふたりの男のポケットは、不気味な感じに膨らんでいた。ふたりとも手袋をはめていたが、瞬時にはずせることを、ボリシャコフは経験から知っていた。

「おれはコンスタンティン・ボリシャコフだ」ボリシャコフはいった。「おれはチームといっしょに、ここで整備作業をやってる。それはおれたちの車だ」

ボリシャコフは目の隅で、ふたりの男のトラックがゲートの向こうの道路にとめてあるのを見た。二トン積みトラックの四輪駆動型GAZ-63だと、すぐさま見分けた。ゴーリキー自動車工場製で、ここに軍がいたときにさんざん働いたトラックだった。軍が引き揚げるときにスクラップにしたことにして、こっそり売買された一台にちがいないと、ボリシャコフは思った。

男ふたりは小声で話をしてから、バンの向こう側をまわって、ボリシャコフに近づいた。

「いまどきここに来る人間はいない」背の高い男が進みつづけた。「どうしてここにいる?」

「いまもいったように——」

「おまえのいったことはわかってる」小柄な男が遮った。「だが、廃棄された軍の施設で、なにを〝整備する〟必要があるんだ？　ここについてはずっと噂があった。武器があるとか。下へ行って、見たい」

「それは不可能だ」ボリシャコフは、きっぱりといった。

長身の男が、ボリシャコフをよく見られるように、フードをうしろにはずした。禿頭で、頭頂にタトゥーがあった。モスクワや地元官憲の許可を得て活動している数多くの親ロシアギャングのひとつに属しているにちがいない。

「おまえ、じじいだな」長身の男が驚いていった。

「おれは独りじゃない」ボリシャコフはいった。

「だったら、おたがいに助け合えるかもしれん」レンタカーのバンの向こうから出てきたときに、小柄な男がいった。ふたりともハッチまで数メートルに近づいていた。

「そこにあるものを見せろ。そのあと、おまえの〝整備〟を手伝ってやろう」

ボリシャコフは、悲しげに首をふった。「下におりても、なかへはいれない」

「どうしてだ？」長身の男がいった。

「あんたらにはわからない」

「おまえがおれたちに教えろ」

ボリシャコフは、もう一度首をふった。

「教えるはずだ」小柄な男が、九ミリ口径のマカロフ・セミオートマティック・ピストルを抜いた。それも地下掩蔽壕の過去の名残りだった。

「おれたちはここのことを知ってる」長身の男が、片腕をふっていった。「ガキのころからずっと、何度も来てる。そこしか出入口がないはずだし、おまえが協力しないとなかにいるやつは出られない。おれたちを入れなかったら、ハッチを閉めて、おまえらの車でふさぐ」男が警告した。「叢に埋もれてる通風孔のそばで火をつけ――」

男が、ボリシャコフが草をどかしたハッチのほうを親指で示した。ユーリーが、左手で右手を支えながら九ミリ口径をまっすぐ構え、開口部に立っていた。

相棒がなぜ言葉を切ったのかたしかめようとして、小柄な男が向きを変えた。ふたりとも腰をひねってうしろを向き、じっとしていた。

ボリシャコフは、数歩移動して射線から離れた。つぎの動きが道義とは関係なく、純然たる戦術的な決定になることはわかっていた。ふたりを殺せば、行方不明になったとわかり、ほかの連中が来る。解放すれば仲間のギャングを連れて戻ってくる。捕虜にすれば、イラン人が去ったあとで秘密がばれる。

「銃を捨ててうしろを向け」ユーリーが男ふたりに命じた。

ふたりが従った。ボリシャコフは小柄な男の拳銃を拾い、もうひとりのポケットを叩いて、二挺(ちょう)目の拳銃を奪った。二挺とも脇に投げ捨てた。男ふたりのほうは見なかった。ユーリーがどの決定を下すか、ボリシャコフにはわかっていた。

ユーリーが男ふたりに近づき、処刑方式ですばやくふたりの後頭部を撃った。銃声が風に呑み込まれると、ボリシャコフは肩を落とした。処刑方式はギャングが好むやりかただ。死体がやがて発見されたとしても、敵対しているギャングに襲われたと見なされるはずだった。

「なかに戻れ」ユーリーが父親に命じた。「これはおれが始末する」

「トラックはどうする?」

「防波堤から落とす」拳銃をポケットに入れ、ひとりの血まみれのフードをつかんだ。

「運がよければ、何日か見つからないだろう」

ボリシャコフはうなずき、ハッチに戻った。風から逃れられるのはありがたかったが、もう齢だなと思った。

敵の注意をそらす技。自分の弟子がそれを殺人に使ったと知ったら、メルカーソフ提督はどう思うだろう?

〝おまえは母国のための任務に就いている〟。提督の声が頭のなかで聞こえた。〝成功よりも優先されることは、なにひとつない〟。

だが、いまのロシアは一九六二年のソ連とはちがう。当時は二十代で、なにも考えずに責務を果たしたが、八十代のいまはそれに強い疑問を抱いている。この任務は、怪しげな愛国主義を標榜(ひょうぼう)している。イランはキューバとはちがい、いつかロシアを脅かす可能性がある強国なのだ。そのイランに使用可能な弾頭を供給することは——。

車でここへ来るまでの会話は、あまりにも好戦的な口調だったかもしれない。もう一度ユーリーを説得してみよう——翻意させるのは無理でも、理解させるために。

人を殺したあとも、ボリシャコフは眠れないようなことはなかった。それどころか、かえってよく眠れた。貸しを血で取り立てたからだ。頭に銃弾を撃ち込むのは、中途半端ではなく、不確かでもない。道義にかなった論理的な計算がある。だが、大量破壊兵器による殺戮(さつりく)は……それとはまったくちがう。

それに、それを阻止する力があるときには、ことにそういえると思った。

41

ヴァージニア州スプリングフィールド
フォート・ベルヴォア・ノース
オプ・センター本部
七月二日、午前一時四十四分

マコードと話をして、マウリシオ・モデストの妻がロシア人だということを伝えたあと、チェイス・ウィリアムズは革のソファに横になって仮眠をとった。コーヒーテーブルに置いてあった携帯電話の着信音で目が醒めたとき、一分しかたっていないのか、それとも一時間が過ぎていたのか、ウィリアムズにはわからなかった。

三十分だと、時刻表示でわかった。疲れを和らげるにはじゅうぶんだ。

「ああ、ロジャーか」ウィリアムズはいった。

「核」マコードがいった。

「あの場所だな」ウィリアムズはいった。

「そうです。五十六年たっているが、まだ機能するようです」

そして、ロシア人武器密売業者とイラン軍の代表が、その場所に向かっている。

「きみはこれからどうする?」ウィリアムズはきいた。

「情報を得るために、警察に嘘をいわなければならなかったんです——警察はおれを捜すでしょうね。どこかに潜伏しないといけない」

グアンタナモ基地は八〇〇キロメートル離れているから、そこに逃げ込むのは問題外だった。「そこで友だちができたか?」

「たぶん」マコードはいった。「また連絡します」

ウィリアムズは、電話を切った。もっと大きな問題に対処するために、マコードが置かれている状況のことを渋々意識から追い出した。タブレットに地図を呼び出してから、マイク・ヴォルナーに電話をかけた。

「はい、長官」即座にヴォルナーが応答した。

「きみのチームをエルメンドーフ空軍基地(AFB)に行かせてくれ」エルメンドーフはアンカレッジにあり、アナドゥイリでなにが起きているにせよ、もっとも近い中間準備地域になる。

「了解です」ヴォルナーが答えた。「ムーアに大至急出発するよう命じます。わたしへの命令は？」

「航空会社の時刻表を見ているが、間に合うようにそこへ行ける便がない」もちろん、軍用機でロシア領空を通過することはできない。

「ＥＣＰはありますか？」ヴォルナーがきいた。

脱出要衝（エグジット・チョーク・ポイント）は作戦が失敗したときに指揮官が離脱するのに使う場所で、ふつう公共の空港や鉄道駅が割りふられる。人ごみにまぎれることができる友好国の都市のような安全な避難場所のことでもある。命からがら逃げている人間を見つけるのは、どんなときでも簡単だ。ジグザグに進んでいて、周囲の人間よりも速く走っているからだ。

「テヘランがまちがいなくからんでいて、モスクワも関係している可能性がある。わたしたちが使えるような場所はない」

ヴォルナーが操縦桿（そうじゅうかん）を握っているかぎり、ぜったいに任務を失速させることはないと、ウィリアムズにはわかっていた。前月のＪＳＯＣの演習を、ウィリアムズはざっと見ていた。

「では、こうさせてください」ヴォルナーがいった。「わたしはここでチームのために計画を練り、離陸後にそれを伝えます。捜すのは陸地と海のどっちですか?」

「情報がすくないので、なんともいえない」ウィリアムズはヴォルナーにそういった。ファイルを閉じた。「ムーアがこれをやれると確信しているんだな?」

「彼は準備万端ですよ」ヴォルナーがいった。

JSOCチームのチャールズ・ムーア海兵隊上級曹長は、ブルックリン生まれで、ヴォルナーに〝鞭を鳴らす男〟と呼ばれている。しぶとくて徹底的に厳しい教官だった。先ごろのウクライナ-ロシア国境での行動では、指揮能力よりも一匹狼(おおかみ)の素質のほうがとびきり輝いていたので、ウィリアムズは念のためにヴォルナーにそうきいたのだ。

「よし、少佐」ウィリアムズはいった。「ムーアを出動させてくれ」

出動準備ができて、到着予定時刻(ETA)がわかったらメールしますと、ヴォルナーがいった。それまでにウィリアムズは、トレヴァー・ハワードを通じて大統領に伝えなければならない。JSOCはオプ・センターの要求で毎日二十四時間出動できる態勢を維持しているが、大統領の許可なくアメリカ国内でこのチームを使用することは、民警団法で禁じられている。

ウィリアムズは、電話をかけた。意識が朦朧(もうろう)としているらしいハワードがウィリアムズの話を最後まで聞いてからいった。「ガセミ准将はこれに関わっているのか?」

「わかりません」ウィリアムズはいった。

「もう一度話をしたほうがいいかもしれない」

提案ではなく、頭がはっきりせずにひとりごとをいったように聞こえた。

「イラン機がどこへ向かっているかがわかるまで、待ってもいい」ハワードがなおもいった。「きみのチームが到着する前になにかが起きた場合のために、エルメンドーフ、クリア(宇宙軍基地)、エイールソン(空軍基地)の司令部に説明しておく」

「なにかをやる用意があるのですか?」ウィリアムズはきいた。「使用可能な弾頭があり……わたしたちは、そこへ向かっているイランの原子物理学者を捜しています」

「上司と同僚にそれを伝えるだけだ」ハワードがいった。「それから、テヘランがこの核を手に入れるようなことがあってはならないと助言する」

ウィリアムズは眉(まゆ)をひそめた。要するに、ハワードは責任を転嫁しようとしている。

「わたしなら、どんなことがあっても、この情報は部内にとどめます」ウィリアムズは注意した。

「もちろんだ」

ロシアが自国の沿岸に近いこれらの空軍基地を、高性能の衛星の目と耳で監視していることが、ウィリアムズには不安だった。ハワードの説明を受けた司令部の指示でふだんとはちがう活動が開始され、それをロシアが探知したら、ロシアは情報収集能力をさらに強化するにちがいない。

「これはいっておかなければならない、チェイス——睡眠を二時間しかとっていない人間のたわごとかもしれないが——きみたちが休眠状態から目を醒ましてからずっと、わたしは以前ほど安心して休むことができなくなった。電話がなくても、報告が届く。報告がなくても、だれかの報告にフラッグが付く。それがなくても、きみがなにを考えているかを、大統領にきかれる。敵の活動がさかんになったのは、きみたちの復活を歓迎するためではないかと思いたくなる」

「これまでとなにも変わっていません」ウィリアムズはいった。「小さなものがでかくならないように、小さなことに取り組んでいるのだと、わたしたちは確信しています。イランがロシアの核を手に入れようとしているのに、行動を先送りするのは賢明でしょうか？」

ハワードが、忍び笑いを漏らした。「わたしたちにとって、直接の脅威ではないだろう？」

「〝ナチスが最初に共産主義者を連行したとき、わたしはなにも弁じなかった……〟」ウィリアムズは引用しはじめた。（ルター派牧師で反ナチス運動の指導者だったマーティン・ニーメラーの言葉をもとにした詩）

「わかった。わかった」ハワードがいった。「〝やがてナチスはわたしを連行しにきた——わたしのために弁じてくれるものは残っていなかった〟。世界を一編の詩でいい表わすことはできない。だが、大統領はきみに賛成するだろうから、これくらいにしておこう」

ハワードはウィリアムズに、緊急事態が起きたときのみ電話するようにと指示し、大統領には明朝伝えるといった。

「どちらが恐ろしいのか、わたしもわからなくなってきた」ハワードがいった。「わたしたちのそこの海岸線を護るために憲法で定められた権利を放棄しなければならなくなることか……あるいは権利を放棄せずにふたたび外国の領土で作戦を行なうことか」

ウィリアムズは電話を終え、自分のチーム、オプ・センターの位置、個人的な利害が、すべて中央政界（ベルトウェイ）の外にあってよかったと思った。泥沼のように動きがとれないそういう状況に毎日対処しなければならないとしたら——。

「トレヴァー・ハワードみたいにみじめになる」ウィリアムズはそうつぶやいて、携帯電話をテーブルに置き、仰向(あおむ)けになって、目を片腕で覆い、すこしでも眠ろうとした。

42

ノースカロライナ州カンバーランド
ポープ・フィールド
七月二日、午前二時

JSOCチームは一個小隊規模の部隊で、フォート・ブラッグで訓練し、オプ・センターの要求で毎日二十四時間、派遣可能な態勢を維持している。チームに配属されたとき、ムーア上級曹長はそれを〝花嫁付添人特務部隊（ブライズメイド・ディテイル）〟だと思った。盛装だが祭壇で式をあげることはできない——フル装備だが実戦はやらないだろう、と。

それは思いちがいだった。だが、無理もなかった。ふたりは同年代で、誕生日は一週間しかちがわないが、ヴォルナー少佐が楽天的なのに対して、ムーアは冷笑的だった。ほんとうに正反対の性格だった。それがいい組み合わせになっていた。ムーアは結束が固く――いいたいことをいい合う――アイルランド系の家族の産物だし、ヴォルナーはきわめて厳格な祖母に育てられた。ムーアが女好きなのに対して、ヴォルナーは一度にひとりの女性としか付き合わなかった。ムーアはフリーウェイトで体を鍛える方法を選び、ヴォルナーはロッククライミングという不定形の難関を好んでいた。

　そしていま、夜明け前の暖かい時間に、ジェット燃料のにおいがまだ強く残っているポープ・フィールドの滑走路から、ＪＳＯＣチームは出発した。もとはポープ空軍基地という名称だったが、いまでは空軍だけではなく、フォート・ブラッグ駐屯地の延長として陸軍も使用している。ヴォルナーを欠いている十一人のＪＳＯＣ分遣隊と五人の支援チームは、全長五三メートルのＣ‐17輸送機のだだっぴろい後部をほとんど自分たちだけで占領していた。百二人の空挺部隊と装備を運ぶように設計されているので、小規模なチームなど乗っていないも同然だった。補給品や武器弾薬を指定して積み込む時間はなかった。ムーアがヴォルナーからの電話を受け、チームがムーアに起こされ、四十五分後にはチームと装備が載っていた。小型だが高性能な通信機器、ただ機能的なだけではない折り畳み式ベッド、野外調理器具、寒冷地用のさまざまな作戦装備も含まれていた。チームは重火器、小火器、手榴弾、Ｃ‐４爆薬、安定しているが爆発力が高いＩＭＸ‐１０１高性能低感度爆薬も携行していた。あらゆる局面に備えて必要なだけ長期間待機できる、自給自足の作戦用装備だった。

各人用の秘密保全措置をほどこしたタブレットもあり、飛行中に任務の詳細をそれに保存する。胴体の内側に沿ってならんでいる詰め物の薄い席に座り、逆噴射が可能なF‐117‐PW‐100エンジン四基――一基あたりの推力は一万八四六〇キロ――によってたえず揺さぶられながら、まず詳細を見てから、ヴォルナーと計画について話し合おうと、ムーアは考えていた。チームに伝えるのは、必要な微調整を行なったあとだ。

航続距離二八〇〇海里（約五一九〇キロメートル）の巨大なC‐17輸送機は、途中で二度、空中給油を行なう。着陸したあと、JSOC分遣隊は基地の孤立した一角にある格納庫へ運ばれる手はずになっていた。そこで装備をおろし、落ち着くか、あるいは出発する――これから起きる出来事のみが、それを決める。

待機時間がないことを、ムーアは願っていた。ヴォルナーがふたたび連絡してくる前に、すこし睡眠をとるつもりだった。そのあと、計画を頭に入れたら、じっとしていたくなかった。興奮状態だからではなく、体で憶えていることを実行したいからだった。これまでは、計画にしたがって訓練が行われてきた。チームが招集され、その特定の訓練と技倆を実行するときが訪れた。出動するときにその特定の訓練と技倆が活発に積極的に発揮されることを、チームの全員が願っている。長時間の待機は、そういう状態を持続させるのを困難にする。

巨大なジェット機が離陸したとたんに、ムーアは目を閉じて、できるだけ座席の上で身を縮めた。一時間か二時間、体を休めることができるかもしれないし、それを有利に使いたかった。ムーアにとってエンジンの爆音は、安らかな休息をもたらすホワイトノイズだった。わかっているのは、アラスカ州リチャードソンのエルメンドーフ・リチャードソン統合基地に向かっていることだけで、理由はわからない。だが、その場所から、おおよその想像はつく。アメリカがカナダ国内の敵対行為に直面しているはずはない。つまり、ベーリング海峡の向こうだとしか考えられない。

そこには、凍り付いているロシアの陸地がある。

うつらうつらしながら、エルメンドーフへは一度も行ったことがないと、ムーアは思った。この季節には夜も太陽が出ている。ブルックリンを出たら、どっちを向いても風変わりで異様な世界ばかりだ……。

43

ベーリング海
貨物船〈ナルディス〉
七月二日、午後九時一分

アフマド・サーレヒー大佐は、貨物船〈ナルディス〉の操舵室の一層下の張り出し甲板に立った。風が激しく、太陽が低かったが、寒くはなかった。サーレヒーはカメレオンのようだった。どこでも海に出れば、たちどころに順応する。それに、イラン・イスラム共和国史上もっとも重要な海の冒険に乗り出す準備が整い、サーレヒーは覚悟を固めていた。

眼下ではヘリコプター二機が離船の準備を行なっていた。一機は、ロシアに最初に供与されたミルＭｉ‐１７１中型ツインタービン輸送ヘリコプターのうちの一機だった。それはカムチャッカ地方ペトロパヴロフスク‐カムチャッキーのエリゾヴォ空港へ行く。もう一機は――。

もう一機のことを考えて、サーレヒーは恍惚(こうこつ)とした。

それはタンデムローターのボーイングCH‐47大型輸送ヘリコプターだった。CH‐47は、ロシアの町アナドゥイリに近いある場所へ行く。ヨウネシー検察官が〝双子〟と名付けたものを回収するのが目的だった。たとえガセミ博士が、それを機能していないと判断したとしても――環境から判断して安全な状態で保管されていたので、それはありえないが――核物質そのものは損なわれていないはずだった。作動部分が損壊していても、イランの科学者たちが容易に復元できる。

そして、偉大なキュロス二世のあとの古代ローマ帝国とおなじように、この若い双子は狼の乳を飲み、前例のない世界征服を成し遂げるのだと、サーレヒーは思った。計画の詳細と予定は知らなかったが、ようやく核兵器を保有したイランが一発を砂漠で実験するだけでも、安閑(あんかん)としている文明社会の地盤を大きく揺さぶるはずだ。

チットチアン少佐がやってきて、パランド・ガセミ博士が乗っている飛行機が一時間後に着陸することを知らせた。サーレヒーはMi‐171とCH‐47をつづけて発進させるよう命じた。

パウダーブルーのMi‐171が離船して、陸地に向けて機体を傾け、アイボリーホワイトのCH‐47がそのあとを追った。そのときようやく、サーレヒーはさむけを感じた――寒いからではなく、興奮のせいだった。この名誉を授けられたことに、サーレヒーは無言で感謝の祈りを捧(ささ)げた。それから、アナドゥイリ沖に到着したときに持ち場についているために、操舵室へ向かった。

44

カムチャッカ地方
ペトロパヴロフスク - カムチャッキー
エリゾヴォ空港
七月三日、午前二時三十四分

　パランド・ガセミは、飛行機から出てタラップを下り、駐機場におりた。周回していた電子がはじき出されたような感じに、勢いよく解き放たれた。フライト中は情報を咀嚼（そしゃく）していたので、まったく眠っていなかった。バッグをいくつかと学んでいた言語の本数冊を持ち、潑溂（はつらつ）として早足で歩いた。キリル文字で〝ガセミ博士〟と書いてあるはずだといわれたプラカードを探した。秘密にする必要はなかった。彼女を見張っている外国の諜報員がいたとしても、空港内にいるはずはない。それに、これまでもイスラム教徒の服を着た女性が飛行機からおりてきても、目をつけはしなかっただろう。協力するイスラム教徒の男性に敬意を表する必要があることをパランドは承知していた。さもないと、だれも指示に従わないだろう。迎えが来ていた。プラカード――教わったとおり赤い字で書いてある――が、他の乗客を待っている騒がしい運転手の小さな群れのなかに見えた。

立案に何カ月もかけたあとだったので、思っていたよりもずっと気が逸(はや)っていた。環境がそれを助長した。ターミナルに近づくと、ロシアの軍用機が目にはいった。ほとんどが鉄灰色の戦闘機で、それぞれに割り当てられた格納庫の前でおおっぴらに駐機していた。角ばった二階建てのターミナルのなかで、幼い子供連れの家族が待っていた。いっぽう、そう遠くないところに姿の見えない死が潜んでいる。誕生から死までが、細心なまでに秩序正しく完璧にそろっている。

黒い軍服を着た背の高い男が、パランドを出迎えた。パランドは指示されていたとおり、「N6(エン・シエスチ)」とひとことだけいった。

男がそれに対して、数字をひとつだけいった。「4(チエトウイリエ)」

そして、ふたりはターミナルの近くにとめてあった電動カートのほうへ行った。男が無言でパランドのバッグを持った。なにもいわずにきびきびと歩き、二分以内に、ふたりは電動カートに乗り、近くの丘の斜面に掘られた掩体壕群のひとつに向かっていた。男が発した言葉は無線交信だけだった。なにをいったのか、パランドにはわからなかった。抑揚のない口調だったので、これから行くとだれかに伝えたのだろうと思った。コンクリートの継ぎ目のコールタールを乗り越えるたびに、パランドは顔をしかめた。揺れると傷だらけの背中が痛かった。痛み以外のことを考えようとした。痛みに邪魔されてはならない。

パランドは右に目を向けた。ターミナルの向こうに、雪を頂いた山々がある。資料を読んでいたので、中央の巨大な山はゴラー・マローズナヤ——厳寒の山——だとわかった。その左に見えるのは、世界でもっとも先進的な宇宙基地だった。そこへ行って、地球を宇宙から見たいと、パランドは思った。だが、そこにあるのを見て、これほど近づいたことだけでも、興奮がこみあげた。サーデク・ファラーディー博士があれを見たら、さぞかしよろこぶことだろう。

わたしたちはもう一度来られるかもしれない、と思った。

ぼうっとして舞いあがっていたので、意識がべつの方向へ彷徨（さまよ）っていった。あえて締め出していた場所へ。

パパ、パパ、パパ……。

父親と母親の顔が脳裏に浮かんだ——。

やめて！　なんて馬鹿なの。家族や恋人のことを考えたり、感傷的になったりするひまはない。意識することはたった一つだけで、自分が研究した言葉、不完全な設計図に記されている事柄、予定時間に集中しなければならない——ことに予定時間は重要だった。やらなければならないことに、じゅうぶんな時間はない。イラン人の仲間に自分と荷物を運んでもらわなければならない。

それ以外のことはどうでもいい！

電動カートが、乗り心地がよさそうな立派なヘリコプターのそばに到着した。パランドは、それに乗って目的の場所まで運ばれることになっていた。給油ホースがはずされ、上のメインローターとテイルローターがすでにまわりはじめていた。タラップがおろしてあった。パランドがタラップを昇りやすいように、電動カートが向きを変えた。顎鬚をきれいに整えているイラン軍将校が、親し気に笑みを浮かべて、パランドが乗るのに手を貸し、もうひとりがバッグを運び入れた。将校はアミリ大尉と名乗り、パランドは指示されたとおりフルネームを告げた。昇降口でふりかえり、送ってくれた運転手に手をふってお礼をいおうとしたが、すでにいなくなっていた。座席に案内される前にタラップが引きあげられ、昇降口が閉められた。

ヘリコプターの搭乗員は、予定時間が厳密に定められているのを知っていた。一分とたたないうちに、離陸していた。

パランドは、遠くのごつごつしたいにしえの山をしばし眺めた――父親を思い出させた。偉大ではあるが、氷に埋もれている。ヘリコプターが上昇するにつれて、山は小さくなった。紅茶を勧められ、よろこんで受け取った。そのあと、意識が乱れないようにするために、パランドは資料を急いで読み、ほかのことをすべて消去した。この旅のことも、前哨基地を除くロシアのことも、すべて意識から消した。そういったことを意識的に忘れて、任務の中核の事柄に注意を集中した。

目的地を目指す前に、給油のために北東のコルフの平原に着陸することを、パランドは資料を読んで知っていた。移動にかかる時間は合計三時間半で、何度も資料を読み直すうちに、頭がぼうっとしてきたので、読むのをやめた。大学生のころの経験で、自分の頭脳が勝手に重労働をやる傾向があることがわかっている。

いまは休息が必要だ。

夢を見た。サーデク、父親、刑務所。脳のどこかで、ローターの連打を落ち着ける低い連続音として認識していた。気力は混乱を嫌うが、パランドの気力は千々（ちぢ）に乱れていた。音には気持ちを落ち着かせて乱れを均（なら）す効果があるので、眠りやすかったのだ。その音がようやく変わったとき、パランドははっとして目を醒ました。

ヘリコプターは、荒涼とした地形の上で降下を開始していた。海が前方にあり、その向こうに草がまばらに生えている平地があった。眼下には——。

あそこだ。言葉にするのが穏当ではないように思えた。ここは聖なる土地だ。呼吸が速くなり、鼓動が激しくなった。そこにあるはずだと教えられた目印の地物を、じゅうぶんに休めた目で探した。メインハッチ、通風孔。

二本のサイロ。

涙が浮かび、パランドの笑顔を温かく流れ落ちた。地上で必要になる書類をすばやく確認した。用意された旧ソ連時代の取扱説明書を、まるでそれがたいせつな子供であるかのように、しっかりと脇に抱えた。ヘリコプターがふんわりと接地すると、将校がキャビンにはいってくる前に、パランドは立ちあがっていた。

暖気がまだ機内を循環していたが、すでに胴体の外側に押し寄せている寒気が伝わってくるのが感じられた。それが心身を爽やかにしてくれた。パランドは大股で決然と進み出て、アミリ大尉が古めかしい旅行カバンのような大型ケースを持ってコクピットから出てくるのを待った。はっきりとはわからなかったが、船にデータを送るための装置にちがいないと、パランドは思った。アミリがそれを置いて、昇降口をあけ、短いタラップをおろした。厚手のコートを着た若い男が走ってきて、かがみ、毛皮の裏がついている帽子を押さえた。そのロシア人が無表情に上を見て、手を貸そうとした。パランドは用心深く書類を男に渡した。男が胸に押し付けるようにして書類を抱え、うしろに下がった。

パランドがタラップをおりて、アミリともうひとりの搭乗員がケースとパランドの荷物を持ってつづいた。タラップが引き込まれて、昇降口が閉まり、ヘリコプターのエンジンの回転が落ちた。海からの風が彼らを強く押し、顔をそむけなければならなかったので、話ができなかった。だが、南を向いたときも、パランドは近くにある東側の厚いハッチから目を離さなかった。ハッチはあいていた。

ロシア人が軽やかな身のこなしで梯子をおりはじめた。バランスを崩すこともなく、書類をしっかりと抱えていた。パランドが手助けされながらつづき、最後にパランドのバッグを持ったヘリコプター搭乗員が梯子をおりた。ロシア人がパランドのバッグをイラン人から受け取り、梯子を昇って、アミリが来るのを待った。アミリが数分後にやってきて、ハッチを閉めた。一瞬、時間のない暗闇に閉じ込められ、自分の呼吸と靴が床をこする音しか聞こえなかった。

やがて、クリップがはずされて水密扉があき、パランドは過去と未来の両方がある空間におずおずとはいっていった。

うしろでアミリ大尉が、ふたつのことをやった。まず、携帯通信機でテスト送信を行なった。

「施設到達」アミリは、現代ペルシア語だとロシア人にわかるおそれがあるので、イラン東部で使われているパシュトゥー語でいった。

「送信受領」応答があった。

つぎにアミリがやったのは、携帯電話のストップウォッチ機能を起動することだった。パランドのほうを見てから、ひとつの単語を口にした。

「開始」

45

キューバ、ハバナ
七月三日、午前十時三十分

真夜中にチェイス・ウィリアムズと話をしたときに、ウィリアムズのいったとおり――ここで友だちができた――ことをマコードは願った。友だちがいなかったら、昔のスカルの教官が独自に解釈していたあの言葉どおりになってしまう。〝ＡＷＯＬ〟――無力で漂流（アドリフト・ウィザウト・レヴァリッジ）（ふつうは無許可離隊［アブセント・ウィザウト・リーヴ］の意味で使われる）。

同情か、それとも酔っぱらっていたからか、感嘆していたからか、あるいはそれらが入り混じっていたからなのか、アドンシアはマコードを助けることにした。友だちではないかもしれないが、とにかく敵ではなかった。アドンシアのすばやい決断は、けっして尚早ではなかった。

「あんた、ホテルには行けないよ」マコードが電話を終えたとき、アドンシアはいった。

マコードはわかっていると答え、ハバナ旧市街から脱出するのにバイクを借りようかと思っているといった。

「見つかっちまうよ」アドンシアはきっぱりといった。「警察は道路封鎖が得意だし、あんたは道もろくに知らない」

「どうしてそういえるんだ?」

「あんたのホテルの前を通ったのに、気づかなかったじゃないか」アドンシアは、しゃべりながら考えていた。「でも、いいところを知ってる。タクシーに乗らないといけない」

「それは用意できる」マコードは、街に来るときに乗ったタクシーの運転手に電話をかけた。五分以内にタクシーが来た。アドンシアが目的の場所をいった。

聖母マリア無原罪のお宿りハバナ大聖堂(ラ・カテドラル・デ・ラ・ビルヘン・マリア・デ・ラ・コンセプション・イッマクラーダ・デ・ラ・ハバナ)。

「ハバナ大聖堂だよ」アドンシアはいった。「一七七七年に完成した。海底から採取した珊瑚(さんご)で建てられた。壁に化石があるよ——あたしも、過去を見てるね」

到着するまで、アドンシアはそれきりなにもいわなかった。トスカーナ風バロック様式の壮大な建造物は、大聖堂広場に面していたが、マコードにはそれを鑑賞しているひまはなかった。ふたりは正面の大きな赤錆色の扉からはいらず、横にまわった。ひどく暗くて狭い小路だった。マコードは、ウィリアムズに報告するときに備えて標識を探し、タコン（踵）とエンペドラド（石畳）という通りの名称を知った。左には大聖堂の控え壁になっている二棟の鐘楼のうちのひと棟があった。右は二階建てで、大聖堂とおなじ年代に建てられたもののようだった。

「ロンビリョ伯爵の宮殿」火をつけていない葉巻をくわえたままで、アドンシアがいった。「博物館……市役所……長年のあいだにどれだけいろいろなことに使われたか、わからない。たどる気にもならない。でも」——指を一本立てた——「あたしたちが大学で集会をひらくのを禁じられたとき、革命の避難所になった」

路地に通じている鉄の門に向かうあいだに、アドンシアから歳月が剝がれ落ちていくようだった。キーパッドがあり、アドンシアが暗証番号を打ち込んだ。掛け金がはずれる音にほっとして、アドンシアは古い鉄格子に寄りかかった。

「神父に教わったのさ」大聖堂のほうを示して、アドンシアがいった。「あたしたちの仲間だよ」秘密を打ち明けるように声をひそめた。「やっぱりロシア人が嫌いでね。神父も含めて、ここにはまだ革命の炎を燃やしている人間がいる」

ふたりは路地にはいり、門を閉めて、突き当たりのドアへ行った。内部のようすがまったくわからない建物の行き止まりの路地にいることに、マコードは不安をおぼえた。しかし、遠くのサイレンの音を聞いて、自分が置かれている状況を思い出した。それに、安心できることがひとつあった。磯臭い海の空気があたりに漂っていた。

闇に身を隠して、アドンシアが頑丈な木のドアをあけて、マコードを呼び入れ、マコードのうしろにまわって肩でドアを閉めた。かび臭い腐食のにおいが強かった。アドンシアが頭の上の木片を手探りしてひっぱった。笠(かさ)付きの電球一個がついた。

そこは奥行き一二〇センチ、幅が一八〇センチで、薪(まき)が積みあげてあった。

「あそこの紐の下に落とし戸がある」アドンシアが、奥を指差した。「でも、あたしたちには必要ないだろうね」

「あたしたち?」マコードはきいた。

「そうだよ。あたしもここにいる」座り慣れた古い椅子にでも座るように、薪の山にちょこんと腰かけた。「あそこに古い携帯便器がある」ドアの裏のあたりを指差した。

「念のため」

「ありがとう」マコードも薪の山に座った。ようやくスーツケースをおろすことができて、ほっとしていた。「水とグラノーラバーがある。なにか入用なものがあれば」

「マッチがほしいけど、葉巻を吸ったら用務員に見つかっちまう。夏のあいだここには来ないけどね」

マコードは、ようやく緊張を解いた。こういう状況には慣れていた。あらゆることを意識から解き放ったときに、自分がひどく緊張していたことにようやく気付くのだ。

「ほんとうに親切にしてもらった」水がしみ込むように薪が物音を吸い込んでいたが、マコードは低い声でいった。

「まあ――いや、そうじゃないよ」アドンシアはいった。「自分も楽しんでいたのさ。いや、そうじゃない」くりかえした。「ああ、そうかもしれない……だけど、役に立ってるっていう感じだね」自分の言葉にようやく納得していた。「役に立つ。それも正しい方法で。侵略者のためじゃなくて、あたしの民衆のために。そういう気持ちになるのは、ほんとうに久しぶりだよ」黒い目でマコードを見据えた。口から葉巻を取り、マコードにつきつけた。「あんたにふたつのことを用意してある」

「というのは？」

「最初のひとつは」アドンシアはいった。「使い道だよ。あたしが教えた情報をあんたがどうするのか知らないけど、ここであったことの再現じゃないことを願ってる。なんて呼ぶのかね？　危険な政策（ポリティイカ・アリエスガダ）？」

「瀬戸際政策（ブリンクマンシップ）だね。昔のキューバ危機のことなら」

「それだ。瀬戸際政策」否定するように、アドンシアが葉巻をふった。「ちがうんだろう」

「ちがう」マコードは断言した。「弾頭が野放しになったり、じっさいに使用しかねない連中の手に渡ったりするのを避けたいだけだ」

「信じるよ。だから、あんたとこうして薪の山に座ってるんだ」アドンシアはいった。「それに、飲み過ぎたからかもしれないね。だけど、あんたの使い道は、あんたが国に帰って、どんな小さな影響力でもいいから発揮して、アメリカが来ないようにすることなんだ。観光客や賓客になるのを排除するわけじゃないよ……また征服者にならないように」

「おれに〝影響力〟はない」マコードはいった。「まったくない。でも、おれのボスは大統領としょっちゅう話をしている。ボスは善良な人間だし、あんたの考えを伝えるよ。できるだけのことをすると約束する」

「わかった」アドンシアはいった。「それ以上は頼めない。それに、最初はそんなもんさ」葉巻を口に戻して、満足したようにうなずいた。

「ベルメホ博士……おれのためにふたつのことを用意してあるといったが」

「そのとおり」思い出して、アドンシアはいった。「長い一日だったからね。悪いけど、物忘れがひどくなってる。ふたつ目は、あんたが前にいったことだよ」

「なにについて？」

アドンシアが、笑みを浮かべた。「警察にしょっぴかれないように、キューバを出る方法だよ」

それを考えながら眠ると、安心できた。スーツケースを枕にして、マコードは床に横になり、翌朝遅くまで眠った——。

不可解な言葉を胸に抱き、独りで眠った。

46

アラスカ、アンカレッジの南東
C-17グローブマスターⅢ輸送機の機内
七月三日、午前五時三十四分

「ここでアイディタロッド（有名な国際犬橇レース）をやるんですよ！」

　それがチーム用ｉＰａｄの要旨説明（ブリーフィング）ファイルを見て、ディック・シーゲル一等兵が口にした重要情報だった。シーゲルはムーアとおなじニューヨーク子で、スタテン島に生まれ育ち、冬に橇（そり）とジャーマンシェパード二頭で犬橇チームまがいのものを組んだことがあった。

「がっかりさせたくないが、時間がないだろうな」輸送機が着陸態勢にはいると、ムーアがベンチの列ごしにどなった。オプ・センターから直接の連絡がはいったので、そのあとの言葉は――シーゲルはたいがいひとこと付け加える――ムーアには聞こえなかった。ムーアの膝に置いてあったヘッドホンで話ができるように、連絡はC‐17の通信システムを経由して接続された。

「もしもし」ムーアはいった。

「上級曹長、マイク・ヴォルナーだ」

「はい」

「ウィリアムズ長官から連絡があったので、説明を聞いてほしい。長官?」

「上級曹長、ギーク・タンクから画像を送らせる」ウィリアムズはいった。「アナドゥイリの一六〇海里南にコンテナ船がいて、その船の北西の海岸近くにヘリコプター二機が着陸している。偵察衛星の仮分析では、CH‐47とMi‐171だ」

「CH‐47(チヌーク)に積まれてるのは、貨物ですか、人員ですか?」

「不明だ。追加情報によれば、船とヘリコプターはイランのもので、標章なしに移動しているのだろうと考えられる。バンも一台とまっている。ロシア製だ。これが公式に認可された作戦なのかどうか、まだわかっていない。関係者のなかにボリシャコフという男がいるので、違法な武器取引の可能性もある。この会合の目的は、冷戦以降ずっと地下施設に保管されていた核弾頭をよそへ運ぶことだと、われわれは確信している」

「イランにはチヌークとミル製のヘリコプターがある」ヴォルナーがいった。

「そうだ」ウィリアムズはいった。「そして、いま現地にいると思われる原子物理学者の名前は、パランド・ガセミだ」

話をしているあいだに、画像がムーアのタブレットに届きはじめた。ムーアはまず施設の位置を見た。夕方の太陽が長い影を落とし、細かい部分がよくわからなかったが、ムーアの意気をそぐような特徴が見分けられた。

「わかるだろうが」ヴォルナーがいった。「岩の断崖が海に突き出している。地下掩蔽壕が岩盤内にあるとしたら、難攻不落だ」

「攻城戦だけではなく核攻撃にも耐えるように造られていると思われる」ウィリアムズはいった。

つぎの画像群が届いた。コンテナ船が写っていた。薄闇でも二カ所のヘリコプター甲板がはっきりと見えた。

「作戦のオプションはいろいろある」ヴォルナーがいった。「どれも理想的とはいえない。ヘリコプターとバンを使用不能にすれば、人間も物も移動できなくなる。しかし、それにはロシア領内での攻撃が必要だ」

「ロシアは、われわれを一度大目に見てくれた」ウィリアムズはいった。「二度目はないだろう」

ウィリアムズがいうのは、一カ月ほど前に、ロシアのスッジャでJSOCチームとウクライナの武装勢力が戦ったときのこと（前作『暗黒地帯』）だった。

「いっぽう、コンテナ船は用心深く、公海にいる」ウィリアムズはつづけた。「つまり、ロシアの偵察機のたぐいを避けたい――ということは、上層部とは無関係の作戦だという筋書きが考えられる」

「クレムリンの仕業ではないと思ったほうがいいでしょうね」ムーアは、船の画像を見ながらいった。「重火器はないようだ」

「貨物もない」ウィリアムズはいった。「その船の画像はすくない。ずっと目立たないように航行していたからだ」

「こっそり潜入、こっそり脱出」

「公式には、もちろんわれわれは船を攻撃して撃沈し、イラン人乗組員を死なせるわけにはいかない」ウィリアムズはいった。

「それに、哨戒艇や臨検に対抗する訓練を受けていることはまちがいない」ヴォルナーがいった。

「われわれには、この船を停船させるような装備がない」ムーアはいった。

「それは海軍の仕事だ」ウィリアムズはきっぱりといった。「それに、率直にいって、どういうことになるか、予想がつかない。テヘランが文句をいい、船は停船したまま、食糧がなくなったふりをする。国連の査察チームが乗り込むことを許可されるが、なにも発見できない。船は解放される——核弾頭を隠し持って——アメリカはまたイランに侮辱される」

「航行不能にしたら？」ムーアは提案した。

「そのほうがさらに利点がすくない」ウィリアムズはいった。「イランは修理のために何隻も工作船を派遣するだろう。そうなったら、豆隠し手品だ——どの船に核弾頭があるか、わからなくなる」

ムーアは、地形に精密な座標軸を重ね合わせてある衛星画像を見た。

「やつらはまちがいなくチヌークで離脱する」ムーアはいった。「それが海上で墜落したら？」

「核弾頭が損壊しなかったら、イランが回収するのにもっとも好都合な場所にあることになる」ヴォルナーが指摘した。「それに、損壊したら——ベーリング海で放射能汚染を起こしたのは、われわれだということになる」

いますぐに開始できる作戦はなさそうだと、ムーアは思った。ひょっとして、ディック・シーゲルはアイディタロッドに出場できるかもしれない。

そのとき、ウィリアムズがいったことが、ムーアの頭をよぎった。

「科学者はどうしましたか？」ムーアはきいた。「パランド・ガセミは？」

「行方がわからなくなった」ヴォルナーがいった。「ずっと南にあるエリゾヴヴォ空港までイラン機を追跡した。アナドゥイリが会合点ではないように見せかけるために、そこへ行かせたのだろう。エリゾヴヴォからアナドゥイリへ飛んだＭｉ‐１７１を追跡した。コンテナ船に搭載されていたヘリだと思う」

「到着してからどれくらいたちましたか？」ムーアはきいた。

「施設内にはいるにはじゅうぶんだっただろうが、そんなに時間はたっていない」ヴォルナーがいった。

ムーアは、ヴォルナーの言葉の真意を聞き取っていた。息を吐きながら、すこし頰をゆるめた。「それなら、核弾頭の輸送を阻止する時間はありますね。運び出せないようにしますか？　それとも奪いますか？」

ウィリアムズはいった。「まだわからない。大統領が決めることだ」

ムーアの笑みが消えた。大統領は核弾頭の移送を予定どおりやらせ、外交でもみ消す可能性が高い。テヘランがほしいものを手に入れるという、いつもの結果になる。

「いいですか」ムーアは、貨物船の画像を見ながらいった。「もうひとつオプションがありますよ。海対海。航行不能にしないし、拿捕しないで、移送を妨害する」

「どうやって?」ウィリアムズはきいた。

「ヘリコプター甲板がなければ、着船できない」

ウィリアムズとヴォルナーが、一瞬、黙り込んだ。ウィリアムズが沈黙を破った。

「上空から船に近づいたら、銃撃を浴びる」ウィリアムズはいった。

「そういうやりかたじゃない」ヴォルナーが、考えたことをそのままいった。「気づかれないように、海上から行く」

ムーアは、コンテナ船の画像を見比べた。「チヌークが離船したら、長い影の側から接近します。だれもがヘリを見ているはずです」

「小型艇からコンテナ船に乗り込むのか」ウィリアムズはいった。

「何度もやっています」ヴォルナーがいった。「SEALチーム6の教範を参考にして、訓練してきました。加速している監視艇の舷側を航走し、鉤付きロープを使って、甲板によじ登る」

「三週間前にやったばかりだな」すこし前に訓練報告書を読んでいたウィリアムズが

いった。

「三週間前に、はじめてやったんです」ヴォルナーは、正直にいった。「けっこうたいへんでしたが、全員できましたよ。何度かやるうちに」

軍隊の冒険的な行動は、どれも成功が保証されているわけではないことを、ウィリアムズは知っていたが、これはいままでに聞いたことがあるどの戦術よりも危険に思えた。

「諸手(もろて)をあげて賛成することはできないが、それよりいい方法は思いつかない」ウィリアムズは率直にいった。

「そんなに悪くはないですよ」ヴォルナーがなだめた。「むしろ、楽な仕事ですよ」

「上級曹長？」

ムーアは答えた。「大統領を説得しなきゃならないのは、長官ですからね」

47

ヴァージニア州スプリングフィールド
フォート・ベルヴォア・ノース
オプ・センター本部
七月三日、午前六時四十分

指揮官たちとの電話を終えると、ウィリアムズはトレヴァー・ハワードに電話をかけた。そこで気づいて時刻を見た。大統領はふだん七時前には起きない。例外にしてもらうしかない。

驚いたことに、ミドキフ大統領は起きていたし、説明もしたとハワードがいった。ウィリアムズはふたりに最新情報を伝え、そのあとで大統領がハワードに席をはずすよう頼んだ。

「きみがどういうことを計画したにせよ、トレヴァーは決めかねている」大統領はいった。

「意外ではありませんね」ウィリアムズは答えた。

「あまり厳しくするな、チェイス。彼は根っからの政治家だ。それに、きみとおなじ流儀ではないが、国のことを気にかけている」

「行動より反響を重視して」ウィリアムズはいった。

「そんなところだ」大統領はいった。「しかし、彼にはこれを先に進めたいという気持ちがあると思う。わたしがオプ・センターに自由裁量をあたえすぎていると思っているんだろう。きみが失敗すればそうではなくなるという思いがあるようだ」

「わたしのチームの命がかかわっているんですよ」ウィリアムズはいった。

「わたしたちのレベルでは、そういう話にはならない」大統領が反論した。「個人的なことは関係なく、彼は全体像のみに関心がある」

「大統領もですか？」

「わたしがなにに関心があるかは、わたし個人の問題だよ、チェイス」

ウィリアムズはきかなければならなかったし、叱責(しっせき)も当然のことだった。「あやまります、大統領」

「トレヴァーは、きみに計画があるといっていた。どういう計画だ?」

ウィリアムズは、ムーアといっしょに練った計画を説明した。ロシア軍の偵察飛行の作戦要領を真似して、アメリカの戦闘機がイランの貨物船のそばを低空飛行し、太陽に照らされている左舷に注意を向けさせる。乗組員が気をとられているあいだに、ムーア上級曹長とそのチームが影になっている側からそっと接近して乗り込み、ヘリコプター甲板を破壊する。それによって、チヌークはロシアの陸地に戻らざるをえなくなる。

「そのあと、どうなる?」大統領はきいた。

「戦闘機がその行動を動画に撮影します。それをロシアに届け、ロシアが行動しなかったら、マスコミに流します」

「イラン側がわれわれに発砲したら?」大統領は質問した。「イラン船に武器はないといったが、船艙扉からロケット擲弾発射器が突き出されるかもしれない」

「その場合は、大統領、交戦規則によって応射が許されます」ウィリアムズはいった。

「船艙扉を漏斗孔に変えるしかないでしょうね」

「そうか。きみのチームが戦場で捕らえられたら」ミドキフ大統領がいった。「そのときはどうする?　イランがアメリカ海軍の水兵十人を捕虜にして、プロパガンダに利用した二〇一六年の事件の二の舞は望ましくない（米海軍哨戒艇二隻が拿捕され、乗組員十人をイランがすみやかに解放したこと）」

「彼らは私服で、身許がわかるものは身につけません」ウィリアムズはいった。「捕らえられたとしても、彼らのことはなにも知らないということができます」

「さっきはトレヴァーが冷たいというようなことをいったが」大統領が指摘した。

「大統領、そんなことになったら、わたしも苦しみます。そうならないことを神に祈ります」

大統領が溜息をついた。こんどは大統領が一線を越えていた。大統領はウィリアムズがどういう人間であるかを知っているし、指揮官の鋼（はがね）のように固い決断と〝冷たい〟ことのちがいもわきまえていた。情報が〝即動可能〟から〝即動必須〟になったときには、物事の性質を強調しすぎるきらいがあることを、ふたりとも意識していた。

「悪かった、チェイス」大統領はいった。「一分くれ」

電話が保留にされたのを、ウィリアムズは音で知った。ミドキフ大統領は、ハワード国家安全保障問題担当大統領補佐官と話をしているのか、あるいは統合参謀本部議長ポール・ブロード将軍と話をしている可能性が高かった。ウィリアムズはひとり用のコーヒーメーカーのほうへ行って、待つあいだにコーヒーをいれた。この計画が大統領にとって魅力的なのは、関与を否認できることだった。軍服や標章付きの乗り物

がなければ、JSOCチームはロシアやイランのチームとおなじように非公式だとい
い切ることができる。
二分以内に、ミドキフが電話口に戻ってきた。
「第3航空団のF‐22ラプター二機を使う計画を承認した」ミドキフ大統領がいった。
「第4海兵師団が、FC580膨張式ボート三艘を提供する。それでやれるな？」
「もちろんです」ウィリアムズはいった。「ありがとうございます」
「きいてはいけないとわかってはいるが、どのみちきくつもりだ」ミドキフがいった。
「彼らは乗り込みの訓練をやってきたんだろう。ブロード将軍が、離脱にはどんな作
戦を用意してあるのか、知りたがっている」
それはブロード将軍のちょっとした当てこすりだった。元陸軍レインジャー隊員の
ブロードは、非常に優秀な人物だった。また、オプ・センターのチームが前回の任務
で採用した即興の戦術に感心してはいたが、それはブロードの流儀ではなかった。ブ
ロードは、そっくりそのまま——あるいはおおまかに——実行されるかどうかはとも
かく、計画をきちんと立てることを好んでいた。答える前にウィリアムズは、近ごろ
目を向けることが多くなっているマッカーサー元帥のサイン入り写真を見た。
「将軍に、わたしたちが精いっぱい練りあげた計画は、〝軍務と呼ばれる捉えどころ

のない不滅の物事〟だと伝えてください（ダグラス・マッカーサー元帥の言葉）」

電話を切ったウィリアムズは、べつの攻撃計画についてしばし考えた。軍事オプションが失敗した場合に利用できる方法がある。大統領にいったように、そういうことを考えるのは好きではなかった。しかし、指揮官として、選択の余地はない。

ウィリアムズは、電話をかけた。

48

アラスカ、リチャードソン
エルメンドーフ・リチャードソン統合基地
七月三日、午前六時五十分

ＪＳＯＣチームはたいがい、あちこちに期待を裏切るような影響をもたらす。作戦計画があっというまに作成されたので、ブロード将軍には目を通す機会がなかったし、ディック・シーゲル一等兵は犬橇(いぬぞり)の犬を見ることができなかった。

着陸前に、チームの面々は私服に着替え、ＩＤのたぐいは持たなかった。ムーアはチームを三つに分けた。六人の急襲Ａ、五人の控えＢ、六人の支援Ｃ。着陸するとすぐに支援Ｃが、あとの二班が戦闘を行なうのに必要な武器と装備を卸下(しゃが)した。戦闘員十一人は、機関部を近接戦闘レシーヴァー(CQBR)に交換したＭ４Ａ１アサルトカービンを携帯する。M4A1は、ストッピングパワーと貫通力が強力なライフル弾を使用する。急襲Aの各人は、手榴弾を携帯し、それを使用するときには、相棒の掩護を受ける。小型の防水バックパックには、M67破片手榴弾、M14焼夷手榴弾、M8発煙弾が収まっている。発煙弾の煙がグリーンなのは、燃えているターゲットの白や灰色の煙と区別するためだった。シーゲル上等兵とアル・フィッツパトリック伍長（ごちょう）は、シーゲルがいとおしげに〝バズーカ〟と呼んでいるAT‐4携行対戦車弾をバックパックに入れて運ぶ。対戦車弾は、ヘリコプター甲板二カ所を使用不能にするために使う。全員が九ミリ口径のベレッタ・セミオートマティック・ピストル、刃渡り一五センチのステンレス製のMk3ナイフ、〈ストライダー〉折り畳みナイフを携帯する。予備のナイフが必要なのは、現場ではしばしばこじあけたり、ネジをまわしたり、鉄条網を切るのにナイフを使い、刃がなまくらになるからだった。

　装備には戦術空圧発射システム（TAIL）二挺も含まれていた。ロケット弾発射機に似た筒で、高圧ガスで作動し、チタン製の鉤に接続されたケヴラー製の索百本を発射する。

　JSOCチームが、駐機場の端でグローブマスターⅢの貨物室の蔭に立っていると、機内の余分な装備をはずして積載能力を高めたウィルソン・グローバル・エクスプローラー（WGE）水陸両用飛行艇が、JSOCチームと膨張式ボート三艘をコンテナ船の近くまで運ぶために、離陸準備を行なっていた。この飛行艇は二十五年前の型で、辺境の捜索救難に使用されていた。また、きわめて反射率の高い銀色に塗装されていた。それにはふたつの目的があった。遠くからでも見えるし、遠くから識別するのが難しい。ギラギラ光っているために、水平線を通過している海軍か民間の船ではなく飛行艇だとは見分けられない。

戦闘機の出撃は、WGEが目的の位置に到達してからになる。

「山もだ」武器を点検するために駐機場でひざまずいたシーゲルがつぶやいた。「雪をかぶったほんものの山も見られない」

「休暇でここに来ればいい」相棒のフィッツパトリック伍長がいった。

「いや、新婚旅行にする」シーゲルが答えた。「いい相手が見つかったのが、それでわかる。ナイヤガラやカプリ島なんかにいきたがらない彼女。ロッキー山脈の山小屋に行きたがる彼女だよ」

「おれの従姉妹のタラ・フィッツパトリック少佐を紹介するよ」フィッツパトリック伍長がいった。「海兵隊にはいる前、彼女は南極のマクマード基地で越冬したんだ」

シーゲルが、バックパックにしまおうとしていたバズーカから視線をあげた。「彼女、ソーシャルメディアをやってるか？」

「ああ」ニューオーリンズ出身のコーネリアス・〝コーン〟・スクロギンズ二等兵がいった。「スクリーンネームは〝ケツが凍る（AssBFroze）〟だよ」

ムーアは、部下が無駄話をするのをほうっておいた。それが日常なのだ。ずっとヴォルナーと通信をつづけ、ときどき装備を点検し、固まってきた計画を微調整した。〇八〇〇時に出発する。進発点までの経路を再確認する時間は、一時間もない。

ヴォルナー少佐は、つねづねチームに語っていた——ニューヨークでは自分がそれを実践した——計画が兵士らしい働きをさせるのではない。教練は基本的なチームワークを築き、チームのあとのものがなにをやるかを直感的に知るようになる。だが、ほんとうに役立つのは体で憶えた技倆で、それはどんな状況でも計画抜きで利用できる。

だが、そういった意味では、この作戦はJBER（エルメンドーフ・リチャードソン統合基地）の人員が一度も経験していないものだった。飛行艇、膨張式ボート三艘、携帯GPS装置。急襲支援チーム全員が乗り込んで、行動発起時刻（Hアワー）に備えた。任務が開始されたときのこういう時間に心の準備をするやりかたはそれぞれ異なっていたが、機内では全員が張りつめた静けさを保っていた。興奮している者はひとりもいなかったが、全員が油断なく、一分ごとに警戒を強めていた。

こういうとき、こんなふうに個性が沈下し、体で憶えている技倆が浮上する。特定の力が出現し、体の奥で速度と反応時間が速まり、五感が飛躍的に鋭くなる。それによって、チームは訓練でなじんだ形に編み直される。自我がなくなり、全員が一個の主体になる。ニューヨークもニューオーリンズもない。ソーシャルメディアも、ハスキー犬も、山も消えてなくなる。

あるのは任務のみで、成功が最優先、生き残ることがそのつぎになる。

49

ヴァージニア州スプリングフィールド
フォート・ベルヴォア・ノース
オプ・センター本部
七月三日、午前十時五十九分

チェイス・ウィリアムズはデスクに向かって座り、ブルーの字で名前が印刷されている小さな白いメモ用紙に書いていた。暗号文は簡潔にする必要があるのだが、ウィリアムズはその才能に恵まれていた。内容ももっとうまく書ける才能があればいいのにと思った。言葉にせずに重要なことを伝えなければならない。思いついたことに満足してはいなかったが、それでやるつもりだった。そうするしかない。

ウィリアムズはいつものとおり、オーヴァル・オフィスから徐々に下に伝えられるような方法はとらず、側面から物事を進めて、連絡経路や手順を回避していた。当然ながら、ウィリアムズが連絡をとった相手は機嫌を損ねた。

しかしながら、ふたつの理由のどちらかによってだれもが協力するはずだと、ミドキフ大統領はほのめかしていた。オプ・センターが成功を収めれば、一翼を担ったものはだれでも栄誉を分かちあたえられる。オプ・センターが失敗すれば、チェイス・ウィリアムズとそのチームはゴミ箱に捨てられる。

ジャニュアリー・ダウとその警護班がアミール・ガセミ准将を連れてフォート・ベルヴォア・ノースにふたたびやってきたのは、そのウィンウィンの考えかたからだった。この会合がどういうことなのか、ジャニュアリーは知らなかったし、ウィリアムズにはそれを説明する権限がなかった。ブロード将軍が任務を——ＳＣＩ——重要区画化情報——に指定した。最高機密(トップ・シークレット)の閲覧資格があっても、それだけではアクセスできない。任務の性質とアメリカ側の当事者によってそう定められた。ＤＩＣ（逮捕された場合に関与を否認(ディスアヴァウ・イフ・カプチュアド)）し、実質的にＣＹＡ（責任逃れ(カヴァー・ユア・アス)）できる。知っている人間がすくないほど、責任をかぶらずにすむ。オプ・センターでは、なにが起きるかを知っているのは、ウィリアムズ、アン、ポール・バンコールだけだった。バンコールは、ガセミを連れてジャニュアリーが到着し、会議にくわわった時点で知らされた。ウィリアムズは、ギーク・タンクの言語学者サリム・シンにも参加するよう頼んだ。ふたりはそれぞれ、大型モニターの左右に立った。脅す意図はなかったが、ある程度そういう効果がある。

アンがジャニュアリーとともにオフィスに案内してきたとき、ガセミ准将は蒼ざめているように見えた。ジーンズ、白いシャツ、茶色のブレザーは、レシートをハッキングされて服装を知られるのを避けるために隠れ家のクロゼットから選んだせいで、あまり体に合っていない。顔色が悪いのは、イラクのアメリカ大使館に行ったときからずっと屋内にいるせいかもしれない。だが、元気がなく、ぼんやりした目つきなのは、ほかに原因があるのではないかと、ウィリアムズは思った。

アンは睡眠をとっていたので、休んでいないウィリアムズのことを気遣い、客たちに挨拶をしたウィリアムズを護るようにそばでうろうろしていた。アンが出勤したときにウィリアムズはだいたいの説明をしたが、ふたりともいまではもっと詳しい情報を知っていた。JSOCチームは進発点に近づいていて、ポーランドのNATO秘密指揮所にいるヴォルナーが、じかに管理している。そのほうがより効果的な段取りだった。NATOの通信機器は、オプ・センターの通信システムよりもずっと高性能だし、この作戦は、ケープ・カナヴェラルから発信してヒューストンが管制する空中警戒管制システム機が対処する通常の作戦とはまったくちがう。

「おはよう、ジャニュアリー……将軍」はいってきたふたりに、ウィリアムズは挨拶をした。

「重要だと、トレヴァー・ハワードがいった」アンがうしろでドアを閉めると、ジャニュアリーがいった。「でも、それしかいわなかった」

その言葉は質問だったが、ウィリアムズは受け流した。ジャニュアリーとガセミを、シンに紹介した——けさ、ここでは英語以外の言語が使われるのだと、ジャニュアリーは気づいた。ジャニュアリーに勧められてソファに座ったガセミを、ウィリアムズはじっと見た。ジャニュアリーはガセミとならんで座った。ウィリアムズは、ガセミに向かっていった。

「あなたのお嬢さんは、イランに輸送するためにロシアの核弾頭を取り外そうとしています」前置きなしに、ウィリアムズはいった。

ジャニュアリーが、ヨガのポーズをとっていて動けなくなったように固まった。ありえないという表情で、急に顔をしかめた。ガセミは目を丸くして、口をぽかんとあけた。ジャニュアリーは賢明に黙っていた。

「彼女にメールを送ってもらいたい」ウィリアムズはつづけた。

「娘は携帯電話を持っているのか――?」ガセミがいいかけて、言葉を切った。「彼らは娘を鞭打って、これをやらせたのか?」

「ちがいます、将軍」ウィリアムズはいった。「いま具体的なことはいえませんが、動画はあなたに見せるために撮影されたのです」

ガセミが首をふり、ジャニュアリーはウィリアムズを見つめつづけていた。ウィリアムズがかすかにうなずいたので、事実をいっているのだとわかった。それでも、ガセミとあまり変わらないくらい驚いていた。

ガセミが細い指をブレザーのポケットに入れて、携帯電話を出した。シンがそのうしろへ行った。動転しているガセミが取り囲まれたことに、ジャニュアリーがすぐさま不快感を示した。ウィリアムズが小さな手ぶりで、インド生まれの言語学者のシンに、すこし離れるよう合図した。妥協したわけではないが、ジャニュアリーの気持ちに応じたように見せかけることはできた。

「大きな声でいうことにする」なにが起きているのかを察したガセミがいった。悲しげな目で、ウィリアムズを見た。「どういうメッセージにすればいいのかね?」

ウィリアムズは、メモ用紙に目を落とした。オプ・センターが実情を知っていることを、パランドやロシア人に知られてはならない。知られたら、彼らは計画を早めるか、攻撃が差し迫っていることに気づく。弾頭を確保することはできず、オプ・センターのチームが危険にさらされる。ウィリアムズには、具体的な目標があった。核弾頭回収任務そのものではなく、ガセミの娘に狙いをつける。それにより、連絡手段が設けられていることを、彼女に知らせる。

「あなたがお嬢さんにつけた愛称はありますか?」ウィリアムズはきいた。

「花びら(ゴルバルガー)」声を詰まらせて、ガセミが答えた。「娘はわたしたちの家の玄関に薔薇(ばら)の鉢植えをいっぱい飾り、階段がいつも薔薇の花びらに覆われていた」

　ウィリアムズはいった。「では、ただこう書いてください。〝わたしは元気だ、花びら。おまえは?〟」

50

ロシア、アナドゥイリ
アナドゥイリ湾
七月三日、午後三時三十分

飛行と着水が、どこか遠くで起きていることのように思えた。これまで勘と経験が頼りの任務だけを指揮してきたムーアに、このチーム指揮の重荷がたちまち影響を及ぼした。超自然的な変身を遂げたかのように、目的意識と能率に支配されていた。複数の個人が一個の部隊になるのに、決まった方法などない。単純ではなかったが、効果的にそれが実現した。変身の背後には、何カ月もの訓練があった。

ヴォルナー少佐は、通信を単一チャンネル地上／機上無線システムに切り替え、通信特技下士官のベン・アダムズ伍長がそれを担当していた。私服なので、ビデオカメラを取り付けられるヘルメットがない。ヴォルナーは通信を行なうが、戦術的な存在ではなく、情報を受け取るだけだった。ヴォルナーは戦闘に参加しない。

飛行艇は尾部から雁のように着水し、つづいて高翼のツインエンジンのプロペラの咆哮が反響し、水飛沫があがってから、機体が水面におりた。側面の昇降口があき、ウェットスーツを着たふたりが膨張式ボートをおろして膨らませた。鏃のような形の黒いボートは船底が硬式で、全長はわずか五・八五メートルだった。九十馬力の船外機で推進し、最大重量を積載して、約二〇ノットで航走できる。

ムーアは、WGE飛行艇の搭乗員がまず操縦していたボート三艘に急襲A、控えB、支援Cのそれぞれを乗り込ませ、操縦を交替させた。ムーアが最後に乗った。ムーアがWGEの機長に敬礼し、アダムズがコクピットとの通信を確立してから、チームは出発した。F-22二機編隊は、飛行艇からの情報により、基地が統制する。

イランのコンテナ船は濃い茶色がかった銀色で、一海里以内の距離にいた。台地のような形の影がそこからのびて、風で波立つ水面でゆっくりと揺れていた。

〝A〟ボートに乗っていたムーアは、鏃のような船体の舳先から双眼鏡で観察した。アダムズ伍長はすぐうしろの右側にいた。

「ミツバチがおれたちの位置に向かってます」船外機と波を切る音のなかでも聞こえ

るように、アダムズがムーアの耳のほうへ乗り出していった。どんな任務でも、戦場で混乱が起きないように、特徴をよく表している符丁でやりとりする。アダムズが、グローブマスターⅢに乗っていたときに決めた。WGEは〝カモメ〟、F-22は〝ミツバチ〟、イラン船は〝シャチ〟、チヌークは〝アホウドリ〟だった。

ムーアは時計を見た。到着まで十五分ある。「随意にブンブンうなれ」ムーアはいった。

51

ロシア、アナドゥイリ
アナドゥイリ湾
七月三日、午後三時三十五分

アフマド・サーレヒー大佐は、ブリッジで席につき、任務の大部分を占めていること——待つこと——に専念していると、チッチアン少佐が顔を向けた。

「レーダー……が誤認したようです」チッチアンがいった。「物標を捉え……それがすぐに消えました」

「ステルス機が飛行形態を変えたんだ」サーレヒーは、自信たっぷりにいった。ロシア軍の報告書を読み、アメリカ軍が近くにF‐22を配備していることを知っていた。

「距離と方位は？」

「距離一九八海里、われわれの位置に近づいています」

「演習か?」

ロシア空軍から提供された地域データを、チッチアンが調べた。アラスカのアメリカ軍基地とその航空機のふだんの活動が記載されている。

「通常の上空通過ではないですね」

「どこかの基地と交信しているのか?」サーレヒーはきいた。

「なんともいえません」チッチアンがいった。「通信チャンネルはかなり多いし、われわれのレーダーは――最小限の性能なので」

「あやまることはない」サーレヒーはいった。「われわれはなにもやっていない。そのパイロットたちは、ここではなんの権限もないし、ロシア領空には侵入しないだろう」

だが、それを考えながら、サーレヒーはこの航海のことを思い返した。アメリカに識別されたはずはない。秘話ではない無線交信は行なっていないし、この水域を航行している船舶が帯びていないような標章はなにも描かれていない。常時やっている飛行にちがいない。

しかし、この作戦は極端なほど用心深く進められてきたが、全員がそうだったといえるのだろうか。テヘランは科学者を空路でこの地域に送り届けたし、ロシア人は完璧に秘密を守って作戦を行なっている。過敏に反応したくはなかったが、無用の危険を冒すのは望ましくない。

サーレヒーは、チッチアンとは反対側で制御盤に向かって座っている男のほうを向いた。「ナクディー大尉、確定した予定時間では、貨物の空輸が開始されるまで一時間を切っているわけだな？」

「そのとおりです、大佐」若い大尉が答えた。

「１７１を呼び戻して、ジェット戦闘機を妨害する準備をさせろ」

「ただちにやります」ナクディー大尉が、意気込んで答えた。

ブリッジの全員――乗り組んでいる全員――が、極端なくらい用心する必要があることを知っていた。きわめて重要な任務なのだ。だが、アメリカに経済と外交で恫喝(どうかつ)されつづける日々がまもなく終わることも、全員が知っていた。ここでいますこし挑戦的な態度を示すのは正しく、この場にふさわしいように思えた。不安定なヘリコプターが飛んでいたら、ジェット戦闘機は急接近するのをためらうだろう。それに、ジェット機が通過したために事故が起きたら、国際社会はまっとうな貨物船が嫌がらせをされたことを大きく取りあげるはずだ……ほんとうの任務を知る由(よし)もなく。

そうはいっても、危険ではあった。船の安全だけではなく、ヘリコプターの機長と副操縦士の生命も考慮しなければならない。彼らには海対空の撃ち合いに参加する用意がない。

「171、離陸しました」ナクディーが報告した。

サーレヒーは、預言者ムハンマドの言葉を心の底から信じたいと思っていたが、〝ほんとうにアッラーは、信仰するものを守護なされる〟（巡礼章三八節）とは信じられなかった。それでも、ここで自分たちが行なっている仕事に疑いを抱いていなかった。

ブリッジは陸地に面していたので、サーレヒーは座席の背もたれから双眼鏡を取り、チッチアンの横の観測部署へ行った。青みがかった灰色の海岸線を見ていると、足もとの甲板からきわめてかすかな振動が伝わってきた——アメリカの戦闘機が近づいてくる。周囲の乗組員が急に警戒する姿勢をとり、緊張した表情になったので、おなじように振動を感じているのだとわかった。

「われわれにはここにいる権利がある」サーレヒーは落ち着いていった。「任務に集中しよう」

突然、ナクディーが細面（ほそおもて）をサーレヒーに向けた。「大佐、171からの通信——秘話ではありません」

任務の厳密な手順に違反している。悪いことが起きたにちがいない。

「スピーカーにつなげ」サーレヒーはいった。

「どうぞ、１７１」ナクディーが指示した。

「大佐！」機長の声が、一台だけのスピーカーから雑音と重なって聞こえた。「高速の小型艇が三艘、南西にいるのを発見しました。そちらの位置に急接近しています！」

52

ロシア、アナドゥイリ
アナドゥイリ湾
七月三日、午後四時八分

「お客さんだ——北西からヘリ」

ウィルソン・グローバル・エクスプローラーから、ありがたくない報せ(しら)が届いた。

ＦＣ‐５８０三艘は、発見されたか、まもなく発見される。

「輸送ヘリか?」ムーアはきいた。

「ちがう(ネガティヴ)」機長が答えた。「ツインターボの機体ではない」

たちまちヴォルナーの声が割り込んだ。「状況は、上級曹長?」

「ターゲットまで五分」ムーアは答えた。「陣形を組んでます——分かれて進みつづけます。彼らが目標を達成したら、ほんとうにたいへんなことになる」

「きみたちは開放水域にいるし、ラプターは干渉できない」ヴォルナーがいった。

「交戦は禁止されている。乗り込もうとしたら、船から銃撃を浴びるぞ」

「わかってます」ムーアは答え、安定させるために舷側の膨張部分に寄りかかって、水平線に目を凝らし、ヘリを探した。武装しているとは思えなかったが、かなり接近してくることはまちがいなかった。

コンテナ船の長い影の端まで、あと一分で到達する。その影を利用して見つからないようにする予定だった。もうそれは望めない。双眼鏡で見ていると、膨張式救命艇を収めた容器を遮掩（カヴァー）に使うために、その横と下の手摺（てすり）に乗組員が群がっているのが見えた。おそらく武装しているだろう。ムーアは、船の他の部分も観察した。

「長官、聞いてますか？」ムーアはきいた。

「聞いている」

「船を航行不能にしたら、どうなりますか？」

短い沈黙があった。「アンカレッジから沿岸警備隊が救援に来るか、ロシアがどこかの港から来る。テヘランはそれをすべて断り、救難作戦を急いでやるだろう。わたしたちには臨検する権利がない」

「ＴＡＩＬでスクリューを撃って、推進機構を壊し、動けないようにしようかと思っていたんですが」

「外交交渉の時間が稼げる。それを当てにできればいいが」ウィリアムズは答えた。

「失敗するだろうが」

ムーアは、なおも双眼鏡でコンテナ船を観察しつづけた。双眼鏡を動かすのを不意にやめて、一カ所をじっと見た。

「長官、ＪＢＥＲを説得して、ラプターに干渉させることはできませんか？」

「上級曹長、それは無理――」

「発砲できないのはわかってます。船のおれたちがいる側を低空飛行してもらうだけです」

「どれくらい低く？」

「おれが方向転換できるくらい、できるだけ低く」ムーアは答えた。

「どこへ行くんだ？」

「最初のターゲットは、船首のほうでした」ムーアはいった。「第二ターゲットがあると思います――推進機構じゃなくて、もっといいターゲットが」

ムーアは、計画をヴォルナーに説明した。ヴォルナーは賛成できなかった。

「われわれの任務の限度を超えている、上級曹長。これを阻止したいのは山々だが、悪影響がある」

「上級曹長？」ウィリアムズがいった。

「はい」

「少佐が反対でなければ、わたしが責任を負う」ウィリアムズがいった。

「反対しません」ヴォルナーがいった――だが、口調は反対であることをほのめかしていた。

その問題を話し合っている時間はなかった。フィッツパトリック伍長が、艇尾で操舵していた。ムーアはそちらを向いて、針路を変更するよう手で合図した。〝B〟と〝C〟にもおなじように回頭するよう合図した。それから、〝A〟のノワレ特技下士官と〝B〟のマストロヤンニ特技下士官を指差した。前腕を差しあげて、指を四本立てて見せた。それから腹這いになった。特技下士官ふたりがうなずいて、了解したことを伝えた。伏射の姿勢でAT‐4を横向きに発射する準備をしろと、ムーアはそれらの仕草で指示したのだ。

「船の船内見取り図！」ムーアはふりむいて、左にいた兵站担当のバーン・ライト二等兵に向かってどなった。

ライトが、手袋をはめていない指先で防水のタブレットの画面をなぞり、ムーアに渡した。ムーアがざっと見てから画像を拡大し、一カ所を赤い丸で囲み、フィッツパトリックに渡した。フィッツパトリックが貨物船のほうを見て一度うなずき、タブレットをライトに返した。ライトがその情報をあとの二艘に伝えた。

〝A〟ボートが急激に向きを変え、うしろであとの二艘も水中を進むムカデのように回頭した。

ムーアはふたたび双眼鏡を覗いた。銃撃はない――いまのところは。まだ膨張式ボート三艘に向けて発砲する正当な理由がない。何者が船長であるにせよ、戦闘機を挑発するような交戦を開始したくないはずだ。

三艘が接近するのと同時に、F-22二機もブリッジとほぼおなじ高さを飛行して近づいた。マッハ1よりもだいぶ低い速度だったが、それでも一機あたり二基のプラット&ホイットニーF119-PW-100ターボファン・エンジンのすさまじい爆音を防ぐために、掌で耳を押さえなければならなかった。

ムーアが頭の上で片手をまわして船外機の回転をあげるよう指示し、三艘はまだイラン人が集まっていない船尾に向けて突進した。船体のなかごろから不意に攻撃されたときには、そちらに向かうことが、あらかじめ決められていた。

　Ｆ‐22がもう一度航過できるかどうか、ムーアにはわからなかったが、接近しているMi‐171は一分以内に貨物船の上に到達しそうだった。ヘリコプターがそこまで行ったら、Ｆ‐22はもう干渉できないだろう。

　ムーアはうしろを見た。ノワレとマストロヤンニの準備はほとんど整っていて、ふたりが体をのばして伏せられるように、あとのものが場所をこしらえていた。

　船尾に向けて進むFC‐580三艘が、水面を激しく叩いていた。貨物船の船体まであと二〇〇ヤード。イラン人に対戦車兵器が見えていることは明らかだった。三艘はまもなく敵の射撃にさらされるはずだ。左ではヘリコプターが接近していた。右ではＦ‐22二機が二度目の航過にはいろうとしていた。171が先にやってきたら、二機は離脱せざるをえなくなる。

「制圧射撃！」ムーアはうしろに向けてどなった。

　三艘でそれぞれひとりずつが、乗組員がいるところのすぐ下に向けて射撃を開始した。ほとんどが撤退したが、何人かは残っていた。まだ最適な距離ではなかったが、やるしかなかった。

　ムーアはふりむいて、減速するようフィッツパトリックに合図してから、ノワレを指差し、ターゲットのほうへ腕をふった。船尾の貨物積み込み用斜路の船体接続部を狙う。AT－4が轟音と閃光を発し、喫水線近くで爆発が起きて金属音が鳴り響いた。ほとんど同時に、ムーアはマストロヤンニにおなじように撃てと命じた。二度目の爆発が起きたとき、ノワレはすでに二発目を装塡していた。

三発目は必要なかった。水面下から泡が出ているのを、ムーアは双眼鏡で見届けた。船体の裂け目から浸水がはじまっていた。

「行け！」ムーアは叫び、三艘は貨物船の右舷にまわりこみ、東へ離脱しはじめた。

貨物船の乗組員が射程を見極め、銃弾が襲ってきた。〝C〟が数発を受けて、ひとりが肩に被弾し、船外機の持ち場から前のめりに倒れた。もうひとりは横腹に一発を食らった。〝C〟は航走をつづけたが、膨張部分の空気が抜けて効力が大きくなった。修理する手間をかけずに、装備を捨て、〝C〟に乗っていた六人は、あとの二艘に乗り移った。チームの衛生兵が、トリアージュを行なって、まず重症だった肩の手当てをしてから、横腹の貫通銃創を処置した。

チームの後方では、イラン船の乗組員たちが損害の程度を見極めようとして、さかんに立ち働いていた。ヘリコプターからの報告で、それがただちに判断されたにちがいない。すぐさま救命艇が膨らまされた。

F－22二機はさきほどよりも高度をあげて航過し、残った二艘のFC－580に主翼をふる味方への挨拶抜きで——一部始終が録画されているはずなので、それをやることはできない——帰投した。

F-22はすでにJBERに報告したはずで、ヴォルナーにもそれが伝わるとわかっていたが、それでもムーアは嬉々として報告した。

「ターゲットはもう貨物を受け取れない」

53

ロシア、アナドゥイリ
前哨基地N64
七月三日、午後四時十四分

地下掩蔽壕は、一瞬にして研究室から狂乱の場となり、慎重で正確な動きが、あたふたした挙動に変わった。

作業用の厚い手袋をはめ、実用的な白衣を重ねて着ている防寒服の下で汗をかいていたパランドは、派手な赤に塗られた弾頭からふりかえり、作戦の指揮をとっているヴァディクという男のほうを見おろした。ヴァディクは無線機に向かってどなり、どぎれとぎれの応答があった。

特別に設計されたアルミの簡便な足場が、ミサイル二基の移動式発射機の上に組まれ、パランドとエンジニアふたりが弾頭を取り外そうとしていた。R－12三セイルは、もっとも危険が小さいレベル――即応性ナンバー4（通常）に設定されていた。ジャイロスコープと慣性航法装置はブースターに内蔵されたままだが、五十年前に接続を切られていた。同様に、弾頭内の起爆装置もそのままだが、配線が切断してあった。ただ、ミサイルから高さ三メートルの弾頭を取り外す作業に時間がかかっていた。二カ所のサイロの上にエンジニアたちが簡便な滑車を設置し、そこからモーター付き台車に載せてヘリコプターに積み込み、輸送することになっていた。弾頭を切り離さないと、滑車で引きあげることができない。パランドが二基目の切り離しを終えかけていたときに、パニックが起きた。

ユーリーとコンスタンティン・ボリシャコフも下にいて、なにが起きているのかを知ろうとしていた。

「攻撃だ」パランドが最初に聞き取ることができた言葉は、それだけだった。パランドといっしょに作業していた男ふたりのうちひとりが、どうしたのかきくために、下におりていった。蒼ざめた顔で男が戻ってきて、〈ナルディス〉が〝アメリカの海賊攻撃〟に遭い、沈没しかけているという報せを伝えた。

「乗組員は船を放棄している」そのエンジニアが、切羽詰まった声でいった。「おれたちも離脱しないといけないかもしれない」

「どこへ？」パランドは語気鋭くきいた。

「アナドゥイリの飛行場に行こうといってる——ここで見つかるわけにはいかない」

「これをどうするのよ？」パランドは、弾頭を指差した。

「わからない」エンジニアがいった。

　エンジニアふたりは作業をやめて、ふたたびサイロ内におりていった。パランドは足場に立ち、自分の人生が灰燼に帰するのを眺めていた。一時的な中断かもしれない——決定が下されれば、知らされるだろう。首をふりながら、弾頭のほうをふりかえった。前に立てかけてあるタブレットの設計図を見たが、涙のせいでぼやけていた。パランドは白衣の袖で目を拭った。

　まばたきすると、地下掩蔽壕全体に弾頭の赤い輝きが反射しているのが見えた。ユーリーが近づいてくるのが目にはいった。パランドは向きを変えて、下を見た。

　ユーリーが来るよう手で促した。はっきりとした指示だった。

　それでも、パランドはためらった。ここが具体的な危険にさらされているわけではない。なにが起きているにせよ、ここにいても最悪の事態にはならない——何カ月も機構を研究した、この過ぎ去った時代の芸術品といっしょに、ここに残ることはできないだろうか。

科学者になったのは、このためだった。国に尽くす機会でもあるが、偉大な歴史の一翼を担いたかった——。

ユーリーが、装備をまとめているイラン人の一団をどなりつけていた。またパランドのほうに手をふった。ひとりがヴァディクを呼んだ。あけたままの水密扉からヴァディクがサイロ内に駆け出してきた。

「来て、ガセミ博士。われわれはここを離れる！」ヴァディクが叫んだ。

パランドがみずから下したい結論ではなかった。テヘランを巻き込んではならないと注意されていたが、パランドはファラーディー博士に連絡することにした。ふるえる手で、深いポケットから携帯電話を出した。

暗証番号を押してロックを解除した。メールが一本届いていた。さきほど着信音が鳴ったのを思い出した。作業中だったので出ないで、そのあと忘れていた。パランドはメールをひらいた。

わたしは元気だ、花びら。おまえは？　パパ嵐のような感情が、たてつづけに襲いかかった。最初は怒りと疑念だった。だれかが無理にメールを送らせたのか？　理由は？　つぎは屈辱だった。わたしが投獄されたと偽っていたことを、父親は知った。利用するために。三つ目は——。

パラントの指がキーボードを叩いた。

わたしはなにもかも失った。

ヴァディクが叫び、パランドは地獄の看守の天使マーリクのような厳しい目でそっちを見た。

「早くここを離れないといけない！」ヴァディクが、悲鳴のような声で叫んだ。

「どうして？」

「官憲が来るだろう……ここにいるわけにはいかない」

父親からの返信が届いた。

そんなことはない。わたしは生きているかぎり――


パランドはすばやく返信して、携帯電話をしまい、タブレットを持って足場をおりた。ヴァディクがパランドの腕をしっかりとつかみ、水密扉へ連れていった。

「ヘリコプターに乗るんだ」歩きながら、ヴァディクがいった。「あとのものといっしょに飛行場へ行け。ここに来たのは、〈ナルディス〉の配線の改善のためだといえ」

「わたしはエンジニアじゃない――」

「エンジニアのふりをしろ」ヴァディクがいらだたしげにいい、アウターウェアを置いてあるテーブルのほうへパランドを押しやった。パランドは白衣を脱ぎ、携帯電話をポケットから出してから、寒冷地用の服を重ね着した。ヴァディクが、男ふたりが待っていた梯子のほうへ行った。

「すぐに行く」ヴァディクが三人にいった。

パランドは、地下掩蔽壕のほうをふりかえった。核兵器はまだそこにあったが、世界が突然、炎に包まれたように思えた。自分の失態ではなかったが、この失敗に一生付きまとわれるだろう。こんなチャンスは二度と訪れないし、もうヨウネシー検察官のような後援者は現われず、ファラーディー博士との連絡は途絶えるだろう。パランドはそれを理解していた。博士はこれからの自分の人生のことを考慮しなければならない。

ヴァディクがフラッシュライトを持って戻ってきた。若いほうのロシア人が水密扉を閉め、イラン人たちが梯子を昇った。パランドは、うしろからフラッシュライトで照らしているヴァディクを除く全員のあとを、おとなしくついていった。

ひとりの男……ミサイル……任務。パランドは思った、自分は前進していると思っていたが、じつはずっとあとを……追っていたのだ。

まぶしい夕陽に射られた目が痛く、Ｍｉ‐１７１に向けて走るあいだ、手で目を護った。ヴァディクがパランドを機内に押し込み、昇降口を閉めて、ヘリが離陸した。一分以内に、チヌークがつづいて離陸した。人員以外はすべて置き去りにされた。標章はなく、イランと結び付けられるような書類も残っていない。

砂漠を歩いたあとのようにわたしたちの足跡は埋もれると、パランドは思った。目が明るさになれると、時のなかに凍り付いていた夢のほうを、もう一度ふりかえった。手袋をはずして、携帯電話がはいっているポケットに手を入れた。着信音が鳴ったので、出した。機長の向こう側の太陽にスクリーンが照らされないように斜めに持ち、最後のメール二本をスクロールした。

——花びらを楽しみにしている。

パランドはそれにつぎのように返信していた。

いつの日も。

54

ロシア、アナドゥイリ
前哨基地Ｎ64
七月三日、午後四時三十六分

ユーリー・ボリシャコフは地下掩蔽壕のなかを移動して、通風管やサイロのハッチを閉めた。ユーリーの作業を、父親は邪魔せず、手伝えるところでは手伝い、かつてやったのとおなじように制御盤の機能を停止した――ただ、いまは動きが遅くなっている。頭が忘れたことを体は憶えているが、いまはものすごく疲れていた。

イラン人たちのあわただしい撤退に驚きはなかったが、失望を感じた。ロシア政府には一体性がなく、ひとつの部門がほかの部門のやっていることを知らない場合が多い。ＧＲＵの活動はことにそうだった。

これは承認されていないか、あるいはきわめて非合法な作戦だったにちがいない。表向きロシアの指紋が残らないように、核兵器をイランに渡すことが目的だった。ありていにいえば、一九六二年にミサイルがアナドゥイリに配備されたのが秘密にされていたことを悪用したのだ。ソ連とプーチンのロシアにはびこっている貪欲と誇大妄想が、こうふうに発展するのは、当然の成り行きだった。

ボリシャコフは、ユーリーの途方もない偽善のことが心配だった。責任者や下っ端の役人が多数介在しているのでユーリーは気づいていないかもしれない。だが、今回のことは、ボリシャコフがかつてやっていた行為とたいして変わりがない。

作業を終えたユーリーが、父親に出るよう促した。ボリシャコフはユーリーについて縦穴に行った。ユーリーが水密扉を施錠して、煙草に火をつけ、ボリシャコフが昇れるように梯子をフラッシュライトで照らした。だが、ボリシャコフはユーリーのほうを向いた。

「では、こういうことだな」ボリシャコフはいった。言葉が長く白い息とともに出てきた。

「なにがだ?」

「買い手がいなくなったから、うちに帰る」

ユーリーが溜息をついた。「あんたの分析はいらない、父さん」

ボリシャコフは、閉ざされた水密扉に近づいた。「だったら、おれを置いて出ていってくれ」

「こんなことをやっている時間はない。いいから梯子を昇ってくれ」

「おれの話を聞いてからだ」ボリシャコフはいった。

「あとで聞く」ユーリーがいった。「貨物船がSOSを発信した。もうじき上空を飛ぶ飛行機があるだろう。そいつらに装備を見られる」

「死体が乗ったトラックも」

「そうだ」ユーリーがいった。

「だったら、急いで話す」ボリシャコフはいい張った。「先が見えなかったときに、先手を打って——あれこれ考えたうえで——おれが決断したことのために、おまえはおれを憎んだ。おれがもっと利口だったら、肉屋になったか、バスの運転を習っただろう。しかし、おれは思った……それでは貧乏になるだけじゃなくて、自分にできることを無責任に否定することになると。自分の能力を使えば、いい暮らしができる。急場をしのぐために、おれはその便宜を選んだ」

「どういうやつらと取引することになるか、あんたは知っていた」ユーリーが非難した。「いい結果にはならないとわかっていたはずだ」

「おまえはどうだ?」ボリシャコフは問いかけた。「GRUが後ろ盾だから、万事が完璧に機能すると思っていたんじゃないのか? そうはならなかったんだ、ユーリー。そしていま、おまえは逃げようとしてる」ボリシャコフは、ユーリーに近づいた。

「どこへ逃げる? おまえはふたり殺した。いずればれるだろう。正当化できて、罰せられないかもしれない。裁判にかければ、作戦のことが暴かれるからだ。そのほかのことはすべて、他人が考えた計画に従っただけだ。そいつらが自分の関与を認めると思うか? 計画がとどこおりなく遂行されれば、おおぜいが名乗り出て自分の手柄にしようとする。失敗したら、だれも名乗り出ない」

ユーリーがなにかの感情——心配——らしきものを示して、ボリシャコフをじっと見た。不安かもしれない。ボリシャコフは息子を抱き締めたかったが、我慢した。ユーリーがその気になるのを待つしかない。

「失敗するはずがなかった」ユーリーが、ようやくいった。「こうなることは考えていなかった」

「発見されることか?」ボリシャコフはいった。「おまえは考えていなかった。GRUは考えていただろう。野外の現場に男がふたりいて、どういうわけか発見された。

事実はそんなところだろう。アメリカのだれか、GRUがいつも馬鹿にしている情報機関の関係者が、おれたちのことを突き止めた。そのおそれはつねにあった……それが現実になった」

ユーリーが、フラッシュライトを小さくふった。「早く出よう」

「わかってる」ボリシャコフはいった。「アナドゥイリに着いたら、話をしないといけない。窓も将来性もない隅のオフィスにおまえが押し込まれないようにする方法が、ひとつだけあるからだ」

ユーリーが一瞬の間を置き、フラッシュライトの明かりのなかで父親の顔を見た。「どうやるんだ？」

「自分の剣で自決しないで、その剣を利用する」ボリシャコフは答えた。「おれには知識がある。情報がある。賄賂を渡す相手、圧力をかける相手を知ってる。やつらがおまえと一蓮托生だということを確信させる。おまえの失脚は彼らの失脚になる。おまえはまちがいなく昇進する」

「その代償は？」ユーリーがきいた。

ボリシャコフは、思わずにやりと笑った。「おまえはおれとおなじように、自分の仕事と人生と将来を護るために人を殺した。おまえは入場料を払って、メリーゴーラウンドに乗った。いまさらバスの運転手や肉屋になりたいと思うか？」

ユーリーが考えたが、それは一瞬だった。「あとで話をしよう」といった。

そこでボリシャコフは向きを変えて、梯子を昇りはじめた。空港ではじめてユーリーと再会したときよりも、足どりが軽くなったような気がした。ようやく息子に理解させることができたと感じ、信じ、願っていた。ずっと変わらない地下掩蔽壕の囲い込まれた安全な空間を出ると、人生は多種多様な選択肢と難問と決定が入り乱れている。ボリシャコフがユーリーのために決定を下すことはできない。それをやるつもりもない。ふたりはずっと、まったく異なる人生を歩んできたからだ。

父親としてボリシャコフにできるのは、息子が自分の道を見つけるのを手伝うことだけだった。

55

キューバ、ハバナ
七月三日、午後十時三十三分

最善のときとはいえないかもしれないが、最悪のときとも程遠かった。

アドンシアは午前二時過ぎに、食べ物と飲み物を持って戻ってきた——葉巻を置いていったから戻ってくるはずだと予想したとおりだった。それに、べつのものも持ってきた。情報を。

「警察はあんたを捜してるよ」アドンシアはいった。「だから、これがあんたのやることだ」ジーンズのポケットからなにかを出して、マコードの手に押し付けた。「地図と名前を書いてある。ボートを漕ぐっていったね。ほんとにできるんならいいけど」

「前はできた。なぜ?」

「手漕ぎのボートを用意したからだよ」アドンシアが、薪の山にそっと座りながらいった。「これも昔からの友だちさ。カミーロは〈グランマ・メモリアル〉の管理人なんだ。一九五六年にあたしたちがメキシコから少人数の軍隊といっしょに来るのに使ったヨットだよ」骨ばった肩をすくめた。「そのときは負けたけど、あとで勝った。体を張って憶えなけりゃならないときもあるのさ」

「すばらしい働きをしたじゃないか」マコードはいった。

アドンシアが、にっこり笑った。「本気でそういってると、あたしは信じるよ。あんたが嘘をついたときにはわかったからね。これは嘘じゃない」

マコードは、控え目な笑みを浮かべた。最終的にひどい状態をもたらした反乱軍に敬意を表したのが、気恥ずかしかった。革命家もテロリストも、大きな苦しみをもたらしてきた。しかし、ロシア皇帝や宗教指導者の合法的な国家も、それはおなじだ。結局、肝心なのは思想ではなく個人なのだ。

アドンシアが、動きの悪い膝をのばして立ちあがった。尻ポケットに新聞を入れていたのを思い出し、マコードにそれを渡した。

「スペイン語の勉強をするといい」アドンシアはいった。

「行くのか?」

「行かざるをえないし、あんたには二度と会わないよ。だれも薪を取りに来ないはずだけど、だれか来ても、あんたをそっとしておくように神父がいってくれる。今夜十時半ごろに出かければ、警察は当直を交替する時間だから、車をいったん車庫に戻すはずだよ」アドンシアは、手を差し出した。「とても刺激的な夜をありがとう。こういうのは、もう何年も経験してなかった」

「こちらこそ光栄だった」マコードはいった。「その……カミーロにはお礼を払ったほうがいいのかな?」

「資金があるんなら、そうだね。そうしたほうがいい。ボートを一艘なくすわけだからね」

「金はあるから払う。これも置いていこうか?」携行品を入れたスーツケースを指差して、マコードはきいた。

「いつだって、いろいろな人間が、いろいろな品物を利用できる」アドンシアはいった。「あんたが行ったあとで取りにくるよう、神父にいっておくよ」

マコードはもう一度礼をいって、アドンシアをたっぷりとハグし、アドンシアがそれに応じた。陽光がきらめくなかにアドンシアが出ていき、電球がひとつだけついているだけになった。マコードは座って、ウィリアムズにメールを送り、午後十一時から十二時のあいだに、沿岸警備隊かグアンタナモ湾の艦艇を迎えによこしてほしいと頼んだ。どこから出発するのかは、まだわからない。ウィリアムズが返信した。

OK。きみの情報。超一級。

北で――極北のほうで――なにが起きているのか、マコードは想像するしかなかった。その出来事に関与していないのは残念だったが、なにもしないのも楽しいと思っていた。

果てしないビーチがある熱帯の島で、なにもせず、薪小屋にじっとしている。だが、あまり深く嘆きはしなかった。頭のなかで作りあげたパズルのピースがマコードが憶測しているとおりにぴたりとはまれば、ＪＳＯＣチームはもっと厳しい目に遭っているはずだ。

昼間の時間はのろのろと過ぎていき、マコードは休息とアドンシアが描いた地図を暗記することに時間を使い——その紙片は小さくちぎった——スペイン語の新聞を苦労しながら読んだ。逃走しているアメリカ人に関する記事らしきものがあった——とにかく人相風体（ふうてい）は一致していた——が、人相書きはなく、七ページ目に一パラグラフ載っていただけだった。マコードは便器ではなく、薪に用を足し、においが吸収されるようにほんのすこしずつ小便をかけた。出ていったときに、体ににおいがついていないように気をつけた。

バッテリーを節約するために、携帯電話の電源は切ってあった。日没後に電源を入れると、ウィリアムズからのメールがあり、時刻と座標にくわえて単語がひとつだけ書いてあった。

成功を祈る。

マコードは、地図の座標を見て三海里沖まで行かなければならないことをたしかめると、また電源を切った。あとでＧＰＳが必要になる。アドンシアが用意したのが古い木製のボートではないことを願った。五十年以上前にそういうボートでアメリカを目指したひとびとは、生き延びられなかったのだ。

昼間に何度かマコードは立ちあがって、窮屈な狭いなかを歩き、右脚をストレッチした。イラクでの二度目のひどい負傷後、長いあいだ動かずにいると、かなりこわばるようになっていた。そういう状態になってはまずい。

教会の鐘が時刻を告げた。指定されていた十時半の十五分前に、マコードは携行品バッグからウィンドブレーカーを出して、携帯電話、財布、パスポートを持っていることをたしかめてから、小さなスーツケースを薪の下に入れた。電球を消して、耳を澄ました。アドンシアの地図は方角を示していたが、距離はわからなかった。マコードは表の音から、通り、広場、自分とアドンシアが来た方角を思い描いた。落ち着くために何度か息を吸い、脚をもう一度ふって、きびきび歩けることをたしかめると、ドアをあけた。

外にはだれもいなかった。すばやい動きで出てから、ドアを閉めた。

マコードの目的地は文字どおり真東で、アルマス広場の数ブロック先だった。ハバナ湾に古い木の桟橋が数本あり、いちばん手前の桟橋に向けてマコードは歩いていった。長身の男が桟橋の端に腰かけて、パイプ煙草を吸い、手には釣竿(つりざお)を持っていた。

そこに近づくと、一二〇センチ下のなめらかな水面で白いファイバーグラスのボートがゆるやかに揺れているのが見えた。ベンチがふたつあり、舷側の幅が広かった。

「セニョール……カミーロ?」マコードはおずおずときいた。

「はい(シ)、セニョール・ロジャー。英語は話さない(ノ・アブロ・イングレス)」

マコードはカミーロの前に行き、サングラスをかけていることに気づいた。財布から現金をすべて出して、カミーロのほうへ差し出した。目が見えないのがわかったので、カミーロの手にそれを押し付けた。

「ありがとう(グラシャス)、カミーロ」マコードはいった。「どうもありがとう(ムチャス・グラシャス)」

「シ、シ」カミーロが愛想よく答えて、ようやくマコードのほうを向き、「ケ・リエゲス・ビエン!」と、心からつけくわえた。

無事に帰れますように。

かなり高齢のカミーロが、北の方角を指差した。その海中にハバナ湾トンネルがあることを、マコードは知っていた。カミーロにもう一度礼をいってから、音をたてないように用心深く——すこし風があったし、桟橋の木の板が滑りやすかった——マコードは手漕ぎのボートに乗った。湾口まで〇・六海里あり、そこからさらに三海里、漕いでいかなければならない。いま渡した現金で——千ドル近くある——カミーロはたぶんモーターボートを買えるだろう。

だが、アドンシアの考えは正しかった。このほうがずっといい。捕まって、まったく説得力のないいい訳をするときに、夜にボートを漕いでみたかったといえば、ほんのちょっぴり信用されるかもしれない。

ここで肝心なのは、〝ほんのちょっぴり〟という言葉だと思った。

湾内の水面は静かだったし、二ノットで着実に漕いでいく体力がマコードにはあった。トンネルの上を約二十分で越えた。マコードはうねりがある海ではなく、川で漕ぐのに慣れていたので、ハバナ湾を出てからの水面はかなり厄介だった。潮の流れがところによって強く、岸に押し戻されそうになるのを乗り切って前進するこつを憶えるのに、すこし手間取った。ウィンドブレーカーだけだったので、漕ぎ出したときはすこし寒かったが、漕ぐうちに体が温まり、プリンストン大学でスカルを漕いでいたときのように汗をかいていた。だが、そのときよりも齢をとっているので、両腕が疲れてきた。

それでも携帯電話のコンパスを頼りに針路を維持し、九十分後にときどき白い光が前方で閃(ひらめ)くのが見えるようになった。断続的に光っていたので、ブイのたぐいではなく、船だとわかった——その船は、キューバ領海のすぐ外で位置についている。

マコードはボートをとめて、携帯電話の光をその方角にかざし、全長八・八メートルの即応艇小型Ⅱに向けて急いで漕いでいった。二、三人の手がのびてきて、オレンジ色と黒の低い小型艇の舷側の上にマコードを引きあげた。

「マコードさん?」マコードが乗ると、歓迎の挨拶が聞こえた。

「そうだ」マコードはいった。

もうひとりがマコードの肩に毛布を掛け、ガラスのキャノピーがある狭い区画へ連れていった。マコードは、陽気に挨拶をした艇長のうしろの席に座った。

「ボートはどうしますか?」最初に挨拶をした乗組員が大声できいた。

マコードは闇に目を凝らし、遠い島のかすかな明かりを見た。「解き放してやれ」

マコードはいった。「自分で帰り道を見つけるだろう」

「それはいい考えですね」若い乗組員が、本気でそういった。

マコードは、その若い乗組員の名札を見てから、北のほうを見つめた。「ソン兵曹、そうなんだ。ほんとうにいい考えだ」

56

メリーランド州シルヴァースプリングズ
七月四日、午後四時

ローズメア・アヴェニューにあるその家は、一世帯用の牧場の母屋（おもや）風の住宅だった。ヤマハVMAXでバイク通勤することができ、アーロン・ブレイクは三年前にできた恋人といっしょにそこに住んでいた。恋人というのは不動産業者のジャッキーで、その家の売買のときに出会い、彼女が手数料をまけてくれて買えたので恋に落ちたというのが、アーロンのいい分だった。

お祭りの雰囲気の独立記念日で、おたく帷幕会議室（ギーク・タンク）のスタッフのほぼ全員と、家族サービスの義務がないウィリアムズとバンコールのような幹部や……いまをときめく女性たちと会いたがっているマコード一家が、参加していた。アンも来たが、どういう性質のものか明かさずにべつの集まりに行く予定だった。いつものように、だれも詮索しなかった。

　マコードは、マクディル基地で輸送機に乗り込む前にウィリアムズのブリーフィングを聞き、フライト中は眠った。家に帰ってからも眠り、キャスリーン・ヘイズかシャーリン・スクワイアズみたいに、そしていまは崔冬怜みたいに、〝すごく〟なりたいと思っている高校生の娘ふたりと妻を連れてきた。だが、マコードはびっくりするくらい頭の働きが冴えていて、ボートを漕いだせいで〝年寄りのオランウータンみたいに筋肉が痛い〟と、ウィリアムズとアンにいった。

　ウィリアムズとアンがうわの空だということにマコードは気づき、この場でいま万事順調かときくのはまずいと思った。アンが去り、みんなが食事を注文しているあいだに――ゲアリ・ゴールドが、ビーガン・バーガーとカレーソースを買うために、バンコールといっしょにスーパーマーケットへ行った――ウィリアムズが話しかけた。

「キューバではすばらしい仕事をやったな」ビールを取りにいって、一本をマコードに渡しながら、ウィリアムズはいった。

「うしろめたいですよ」マコードはいった。「カリブ海に遊びにいったようなものだった」

ウィリアムズが笑みを浮かべたが、作り笑いだった。「わたしたちはまだ、これからすんなり脱け出してはいない」

「いったいなんの話ですか?」マコードはいった。「負傷兵は——」

ウィリアムズは手をふった。「ヴォルナーが会いにいった——スカイプで連絡してきて、元気だといっている。誇らしげだと」

「それはそうでしょう。イランが核兵器を手に入れるのを防いだんだから」

「わたしたち——わたし、オプ・センターは——イランの貨物船を沈没させる行動を許可した」ウィリアムズはいった。「イラン側は、船内で爆発が起きたといっている。アナドゥイリで不特定の装備をおろして——衛星画像でそれは否定できるが——魚を積む予定だったと。内密には、わたしたちに船の損害を弁償しろといっている」

「死者は?」

ウィリアムズは首をふった。

「それなら、やつらは運がよかった」

「ホワイトハウスはそうは見ていない」ウィリアムズはいった。

「そんな馬鹿な」マコードはいった。アーロンが風船で動物をこしらえているところから妻が視線を投げたので、興奮して大声になっていたと気づいた。「最初の計画では、ヘリコプター甲板を攻撃することになっていた」

「そして、許可されたのはそれだけだ」ウィリアムズはいった。「それにより、テヘランになにをやっているか知っていることをミドキフが立証するという狙いだった。ハワードは、〝精密暴露〟と呼んでいた」

「やれやれ、新語法（ニュースピーク）（国民の使う言葉や思想を制限するために独裁国家が創造する言語。ジョージ・オーウェルが『一九八四年』で描いた）は大嫌いだ」

「とにかく、船そのものを沈没させた攻撃は——もちろんわたしたちは否定するが——非理性的で大仰で無計画だとされた。これもハワードの言葉だ」

「それで、連中はなにを望んでいるんですか？　これを成功させたことはもとより、探知したことに、だれも感謝しなかったんですか？」

「それについて大統領の頭脳集団は、イランが核弾頭二基を手に入れていたら、一基を武力誇示のために起爆し、もう一基は圧力をかけるために保有していたはずだと見ている。条約に違反したことは、むろん否定するだろう。しかし、イランが核兵器を一基手に入れても、大きな戦術的利点にはならない。何日か見出しになるだけだ」

「長官、国内の敵と海外の敵の両方と戦うことができて、ほんとうによかった」マコードが皮肉をいった。「それで内外の戦闘の釣り合いが保てますからね」

「もうひとつの質問だが」ウィリアムズはつづけた。「ＪＳＯＣチームは補欠にまわされ、わたしもそうなるかもしれない」ビールを持ちあげた。「独立記念日おめでとう」

マコードは、びっくりして口をぽかんとあけた。「上層部はそれについて味方してくれないわけですね」ビールをごくりと飲んで唇を示してからいった。「だれも」

「だから、彼らは交替させられるだろうな」ウィリアムズはいった。「まだ既成事実にはなっていないが、ジャニュアリー・ダウが影響力を行使しているし、わたしたちが父親に圧力をかけるのに失敗したから、パランド・ガセミを寝返らせることができなかったと主張している」

「なんと、その可能性は消えたんですか?」

「消えてはいないが、もうジャニュアリーの担当だ」ウィリアムズはこたえた。「わたしたちの成果は、これまで探知していなかったGRUの現役諜報員、ユーリー・ボリシャコフを識別したことだけのようだ。その男はキャスリーン・ヘイズの監視リストにつけくわえられた」ウィリアムズはなおもいった。「ところで、うちの部員は、どこかで友だちをこしらえたようだね」

どういう意味か悟るまで、マコードは一瞬とまどった。「この一件でいちばん明るい話題でしょうね」ウィリアムズの言葉に大賛成だった。「彼女はたぐいまれな人物ですよ。わたしはじっくり話をしてみたい。彼女さえよければ」

「バンコールとライトが、裏で手をまわしている」ウィリアムズはいった。「ライトはフロリダでキューバ難民と協力したことがある——湾の向こう側にも知り合いがおおぜいいる」

「彼女はわたしたちの手助けも、だれの手助けも、望まないかもしれません」マコードはいった。「彼女はこの戦いを前から待ち望んでいたような気がします」

「不思議だな」ウィリアムズはいった。「彼女はきみと会わなかったら、自分が望んでいたものを手に入れられなかったはずだ。コンスタンティン・ボリシャコフが旅をするのをわたしたちが見つけていなかったら、ミドキフは望みのものを手に入れていたはずだ。記録に汚点がついたパランド・ガセミがイランでどうなるのか、だれにもわからない。ハワードのいうとおりかもしれない。わたしたちは手を出すべきではないのかもしれない」

マコードは、こちらを見ている妻のほうを見た。責められないと思った。夫であり娘たちの父親なのに、〝仕事〟で出かけて帰ってきたとたんに、すぐさま仕事をはじめている。

「このことはあした話をしましょう、長官」マコードはいった。「でも、傍観せずにこれに積極的に関わった全員が、わたしたちの達成したことはすばらしいと思うはずです。それに――それに――ハワードとミドキフがどう思っていようが、イランが尻をひっぱたかれて核弾頭二発を手に入れ損ねたのは、ほんとうによろこばしいことだと思っています」

ウィリアムズはマコードに礼をいった。マコードは家族とお祭り騒ぎと食事が用意されているところへ行った。ウィリアムズは独りで生垣のそばに立ち、ビールを飲んだ。

ウィリアムズは、自分がまくしたてた仮定の話を、心の底では信じていなかった。新兵訓練のとき――まるで南北戦争のような昔のことに思える――訓練の教官が謎をかけた。〝日本の真珠湾攻撃のとき、現代の軍隊の資源をすべて備えていたら、それを阻止できたか?〟全員がまず〝イエス〟と答えた。すると教官は、アメリカの参戦がさらに遅れてヒトラーがイギリスを占領したらどうなっていたかと仮定した。その遅れによってヒトラーがソ連侵攻により多くの資源を投入できたはずだし、日本はアジア支配に集中することができて、西へ版図を拡大しただろう。ドイツが先に原子爆弾を開発していた可能性は濃厚で、第二次世界大戦の結末は、まったく異なっていたはずだと、教官はいった。

新兵のほとんどが、意見を変えた。だが、ウィリアムズは変えなかった。

「わたしが生きていて防げば、だれもアメリカに武器を向けることはありません」

明確な目的意識と、単純な論理に、教官は感銘を受けた。

ウィリアムズはいまもそう信じている。なにがあろうと、国よりも自分を、愛国主義よりも出世を優先することは、ぜったいにない。

つぎの機会にもすべておなじことをやるという決意に満ちて、ウィリアムズは誇りに満ちてビールを飲み干し、空き缶をゴミ箱に捨てて、食料品を持ってきたバンコールとゴールドを手伝いにいった。

エピローグ

ワシントンDC、パキスタン大使館
七月七日、午後十一時三十四分

イラン・イスラム共和国の利益代表部は、23番ストリートのパキスタン大使館に置かれている。大使館は三階建てで、黒いフェンスに囲まれ、灰色と錆色と薄茶色の鷲(わし)の嘴(くちばし)形の部分が正面に突き出している。

黒いBMWのSUVがゲート前にとまったときには、暗くなっていた。一台だけで到着し、注目されることもなく、何事も起きなかった。なかにはいると、男ふたりが出てきた。ひとりはもうひとりよりも二十歳くらい年下のバハドゥール・イペクチ中尉だった。イペクチはNEZAJA――イラン・イスラム共和国陸軍――の一級射手で、現在、アメリカ合衆国でのイランの外交活動に一時配置されている。だが、イペクチがアメリカで行なっていることは、政治とは無関係だった。

イペクチが運転していて、SUVの外交官ナンバーと一致する身分証明書を所持している。書類が必要とされることはなかった。レーガン国際空港から大使館まで走るあいだに、停車を命じられたり聴取を受けたりすることは一度もなかった。

今夜までイペクチが一度も会ったことがなかったその乗客は、長身で、痩せていて、なめし革のような皮膚の男だった。自分の兵種のNEDAJA――イラン・イスラム共和国海軍――ではなく、べつの対立する兵種の制服でも着ているように、居心地が悪そうに私服を着ていた。

その男は、NEDAJAの将校だった。

ゆったりした無駄のない動きで、男はテイルゲートをあけてスーツケースを出した。用心深い性格のイペクチは、そのあいだ通りを監視していた。クアンティコでの銃撃が自分までたどられているかどうかを知るすべはなく、動きを追跡する監視が行なわれているかどうかわからなかったが、FBI捜査官殺害が目的ではなかったし、用心深く急いで現場を離れたので、おそらくだいじょうぶだろうと思っていた。ある案件を促進するための行動だというだけで、詳細は聞いていない。なにをやるかを命じられただけで、理由は知らない。それでイペクチは満足だった。質問せずに任務を果たすのが、自分の仕事なのだ。

　現在の任務も同様だった。

　ふたりはドアに向かって歩き、夜勤の警衛が電子ロックを解除してふたりを入れた。イペクチは、重要人物の客に先にはいるよう、手ぶりで促した。ふだんならイペクチは〝付き添い〟と呼ばれる運転手に指名されることはない。だが、この男を大使館に送り届けるのは重要な任務であり、大使館が提供できるすべての優遇措置と資源を提供するようにといわれていた。イペクチはそれ以外のことは知らなかったが、心底から興奮するような事実を聞いていた。テヘランの上官が、この仕事はイランの威信にとって不可欠だと告げた。祖国だけではなく、同盟国ロシアに対する面子(メンツ)もある。さらに、クアンティコでの任務とおなじように、〝政治目標を支える〟ことに関わっているともいわれた。今回は〝本物の射撃になる〟という言葉が使われた。

　上層部がなにを準備しているにせよ、一級射手のイペクチにはそれをやる覚悟があった。ハフィズ・アキーフ博士とその家族が、すでにアメリカに来ている。険しい顔で黙り込んでいる同国人になにを要求されても、イペクチは受け入れるつもりだった。アメリカの海賊的攻撃によって沈められた〈ナルディス〉を指揮していたアフマド・サーレヒー大佐のために、力を尽くさなければならない。

アメリカに犯罪行為の代償を払わせるのだ。

訳者あとがき

本書『黙約の凍土』（二〇一八）は、トム・クランシーの新オプ・センター・シリーズ第五作にあたる。一九六二年のキューバ危機が、今回の危機の根底にある。ロシアがいまも大量の核兵器を保有している国であることがあらためて痛感される筋立てになっている。

MADと略される相互確証破壊（ミューチュアリー・アシュアド・ディストラクション）の概念に基づいて、米ソの核戦力が均衡したという認識が生まれ、大国同士が核戦争を引き起こす確率はきわめて低いと考えられるようになった。おたがいに核兵器が抑止力として働いているからだ。しかし、局地戦における戦術核の使用を確実に抑止できるのか？　ソ連崩壊後、管理が杜撰（ずさん）になっている核兵器が、国外に拡散する可能性はないのか？　といった問題に、明確な答は示されていない。

前作『暗黒地帯（ダーク・ゾーン）』でロシア軍と対決する寸前になったウクライナは、ソ連邦解体にともない世界第三位の核保有国になったが、一九九〇年に非核三原則を盛り込んだ主権宣言をウクライナ議会が採択した。さらに、一九九一年のリスボン議定書によって、旧ソ連共和国の核兵器はロシアが管理することになり、一九九六年にウクライナの核兵器はロシアへの移送が完了した。これにはウクライナ国内でも反対意見もあり、けっして順調に進んだわけではなかった。旧ソ連のその他の核保有国のうち、カザフスタンはいちはやく核廃絶を行ない、ベラルーシもロシアへの核兵器移管を実行した。しかし、ベラルーシは近年、国民投票でロシアの核配備を可能とした。また、たとえ核兵器を保有していなくても、原発があれば放射性物質で〝汚い爆弾〟を製造することは可能だから、核兵器廃絶では完全な〝非核化〟とはいえないという見かたもある。

本書では、イラン革命防衛隊のガセミ准将がバグダッドのアメリカ大使館に亡命を求めてきたことが、事件の発端だった。ガセミは真の亡命者なのか、それとも情報収集のために送り込まれてきたのか、あるいはイラン政府もしくはその一部の勢力にべつの意図があるのか……。

ガセミの娘パランドが監房で鞭打たれている動画が、アメリカ側に届けられていた。これも意図を計りかねる動きだったが、オプ・センターの緻密な調査により、パランドが原子物理学者であることが判明した。さらに、パランドがモスクワでの原子力学者シンポジウムで、キューバのアドンシア・ベルメホ博士と同席していたこともわかった。ベルメホ博士は、キューバ革命の闘士でもあった。キューバ危機をもたらした軍事行動を、当時のソ連の指導者フルシチョフは、〝アナドゥイリ作戦〟と名付けていた。

このキーワードをオプ・センターのアナリストが綿密に分析し、ボリシャコフという同姓の人物ふたりが、ロシア極東部のアナドゥイリに向かっていることが判明した。だが、ガセミとその娘、キューバ人博士、ボリシャコフらの結び付きはまったくわからない。オプ・センターはひきつづき情報を収集するとともに、対外部門のJSOCチームをアラスカに派遣し、緊急事態が発生したときにはアナドゥイリ付近の海上にただちに展開できる態勢をとらせた。

オプ・センターの正式名称は〝国家危機管理センター〟で、危機が大事に至るのを防ぐことを目的としている。つまり、功績がおおっぴらに称揚されることはないし、〝ビンラディン殺害〟というような見出しも、組織として望んでいない。謀略を阻止するためのオプ・センターの行動は、そういった事情によって制約を受けている。その反面、オプ・センターは自由に情報を収集する（ときには味方組織にハッキングで侵入する）ので、政府部内にも敵が多い。大統領には信頼されているが、大統領の側近のなかには、オプ・センターに好意的ではない向きもいる。

次作 *Sting of the Wasp*（2019）では、本書の登場人物がマンハッタンで無差別テロ攻撃を行なう。オプ・センターはそれを未然に防げなかったとして、解散を命じられることになる。何度も危機を防いできたオプ・センターとウィリアムズ長官に対して、非道な仕打ちのように思えたが、政治的にはもっともだと思える措置だった。

だが、それは表向きで、じつはオプ・センターがまったく新しい機密組織をひそかに編成するための偽装だった。より機動性が高く、多様な人材を擁するその組織の名はBlack Wasp（黒いススメバチ）――本書と関連する部分もあるので、あまり間を置かずに刊行する予定。乞うご期待！

二〇二二年三月

●訳者紹介　**伏見威蕃（ふしみ　いわん）**
翻訳家。早稲田大学商学部卒。訳書に、カッスラー『亡国の戦闘艦〈マローダー〉を撃破せよ！』、クランシー『暗黒地帯』（以上、扶桑社ミステリー）、グリーニー『暗殺者の献身』（早川書房）、ウッドワード他『PERIL 危機』（日本経済新聞出版）他。

黙約の凍土（下）

発行日　2022年5月10日　初版第1刷発行

著　者　トム・クランシー＆スティーヴ・ピチェニック
訳　者　伏見威蕃

発行者　久保田榮一
発行所　株式会社 扶桑社
〒105-8070
東京都港区芝浦1-1-1　浜松町ビルディング
電話　03-6368-8870(編集)
　　　03-6368-8891(郵便室)
www.fusosha.co.jp

印刷・製本　株式会社 広済堂ネクスト

ISBN 978-4-594-09141-5　C0197

扶桑社海外文庫

ビーフ巡査部長のための事件
レオ・ブルース　小林晋／訳　本体価格1000円

ケント州の森で発見された死体と、チックル氏が記した「動機なき殺人計画日記」の関わりとは？　英国本格黄金期の巨匠の第六長篇遂に登場。〈解説・三門優祐〉

瞳の奥に
サラ・ピンバラ　佐々木紀子／訳　本体価格1250円

秘書のルイーズは新しいボスの医師デヴィッドと肉体関係を持つが、その妻アデルとも知り合って…奇想天外、驚天動地の結末に脳が震える衝撃の心理スリラー。

狼たちの城
アレックス・ベール　小津薫／訳　本体価格1200円

ナチスに接収された古城で女優が殺害される。調査のため招聘されたゲシュタポ犯罪捜査官——その正体は逃亡用に偽りの身分を得たユダヤ人古書店主だった！

皮肉な終幕　レヴィンソン&リンク劇場
R・レヴィンソン&W・リンク　朝倉久志他／訳　本体価格850円

『刑事コロンボ』『ジェシカおばさんの事件簿』等の推理ドラマで世界を魅了した名コンビが、ミステリー黄金時代に発表した短編小説の数々！〈解説・小山正〉

＊この価格に消費税が入ります。